T0245787

Powerful

Powerful

LAUREN ROBERTS

Traducción de
Cristina Macía

ALFAGUARA

Penguin
Random House
Grupo Editorial

Powerful

Título original: *Powerful*

Primera edición en España: junio, 2024
Primera edición en México: septiembre, 2024

D. R. © 2024, Lauren Roberts

D. R. © 2024, Penguin Random House Grupo Editorial, S. A. U.
Travessera de Gràcia, 47-49, 08021, Barcelona

D. R. © 2024, derechos de edición mundiales en lengua castellana:
Penguin Random House Grupo Editorial, S. A. de C. V.
Blvd. Miguel de Cervantes Saavedra núm. 301, 1er piso,
colonia Granada, alcaldía Miguel Hidalgo, C. P. 11520,
Ciudad de México

penguinlibros.com

D. R. © 2023, Cristina Macía, por la traducción
D. R. © 2023, Jojo Elliott, por el mapa
D. R. © 2024, Jojo Elliott, por el pergamino

ISBN: 978-607-384-882-4

Impreso en Colombia – *Printed in Colombia*

Para las chicas que tienen sueños más delicados...
¡Su decisión es igual de poderosa!

ÉLITES DOCUMENTADOS

M

MUNDANOS

D

DEFENSIVOS

O

OFENSIVOS

ÉLITES MUNDANOS DOCUMENTADOS

Portador: percibe y utiliza las
habilidades de los que tiene cerca: 1

HABILIDADES > 100

MUNDANOS
Amplificador: proyección de la voz > 100
Farol: detección de mentiras > 200
Híper: sentidos agudizados > 250
Erudito: intelecto > 100
Vista: grabación y proyección de video a través de la vista > 100

DEFENSIVOS
Parpadeo: teleportación a cualquier lugar a la vista > 100
Araña: trepar por las paredes > 225
Curandero: curación acelerada > 100
Ilusionista: generación de ilusiones > 100
Escudo: generación de campo de fuerza purpúreo > 170
Resplandor: manipulación de la luz > 125
Transmisor: transmisión de cualidades a los objetos > 100
Velo: invisibilidad > 130

OFENSIVOS
Llamarada: manipulación de las llamas > 200
Germinador: manipulación de las plantas > 130
Fornido: fuerza física > 250
Clonador: creación de clones > 110
Dual: portar dos habilidades > 100
Ráfaga: manipulación del aire > 125
Hidro: manipulación del agua > 150
Ignición: creación de explosiones > 100
Coraza: piel de piedra > 125
Tele: movimiento de objetos con la mente > 100
Voltio: manipulación de la electricidad > 100

FATALES: 1 DE CADA CLASE
EN POSESIÓN DEL REY
Controlador: manipulación de otros: 1
Leementes: 1
Silenciador: desactiva las habilidades
de otros: 1

PRÓLOGO

Adena

HACE CINCO AÑOS

El hombre más grande que he visto jamás viene lanzado detrás de mí.

También puede que esté exagerando. Mi madre siempre me decía que este don que tengo de una imaginación hiperactiva es una maldición.

No quiero anunciar que es el hombre más grande que he visto jamás si no lo es de verdad, así que me arriesgo a mirar hacia atrás mientras esquivo las carretas y los adoquines sueltos con unas botas que me engullen los pies. Mi madre me decía que cuando creciera me quedarían bien. Aún estoy esperando.

No, sin duda es un gigante. Su máscara blanca muestra la mitad inferior del rostro, con lo que le veo las mejillas rojas y una mueca hostil mientras respira jadeante.

Un mechón de pelo enredado me golpea la cara cuando me volteo hacia la calle que se extiende ante mí.

Los rizos se me meten en la boca con el viento. Es raro que sople en Saqueo, suele tener lugares más importantes a los que ir. Me aparto el pelo rebelde con una mano, y solo entonces recuerdo por qué estoy huyendo del imperial.

La miel rezuma entre los dedos, sale del bollo que llevo apretado. Mi primer intento de robo me habría salido bien si no hubiera tropezado con el puesto del que intentaba robar.

Y, a partir de ahí, las cosas fueron de mal en peor.

Pedí perdón mil veces por robar antes de dar media vuelta y salir corriendo. Eso atrajo la atención del mercader, luego la del imperial, y enseguida todos los visitantes del mercado callejero eran testigos de la escena que estaba montando.

No es que al imperial, o al rey al que sirve, le importe demasiado el panecillo que robé con tanta torpeza. No, lo que quiere es dar ejemplo. El espectáculo que seré en el poste ensangrentado que hay en el centro de Saqueo. A los imperiales les encantan los látigos y a mí me encantan los bollos de miel. Y al final la que hace mal es la niña hambrienta.

Hombres, mujeres y niños se apartan a mi paso, aunque la mayoría no se inmuta al verme pasar a toda velocidad. Los saqueos son cosa cotidiana en Saqueo. Los comerciantes me insultan cuando me cuelo entre sus carros, y yo pido disculpas a gritos a cualquiera que las quiera aceptar.

Eso es lo más aterrador que he hecho en mi vida.

O sea, bueno, cuando intenté confeccionar una falda plisada fue una tarea intimidante, pero la amenaza de una aguja afilada no es nada en comparación con lo que me tiene reservado este imperial.

Miro el bollo de miel, todo pegajoso, que llevo en la mano.

«¿Cómo se me ocurrió?».

Pido perdón a gritos a la mujer que tiene que apartarse para esquivarme, pero no creo que lo oiga porque queda ahogado por el rugido de sus insultos.

«Por hambre. Se me ocurrió porque tengo hambre».

Pero no me gusta que me insulten. Estoy segura de que la mayoría de los que me gritan improperios tendría una opinión muy diferente de mí si las circunstancias fueran otras.

Giro la cabeza para ver a mi gigantesco perseguidor. Sigue con el rostro congestionado, pero no desiste.

«Bueno, está claro que no es un rayo».

Cuando volteo de nuevo, lo que veo es un destello de plata.

La chica está en mi camino y mira con curiosidad la escena que se le viene encima. Tiene el pelo plateado que le cae en cascada por la espalda. Si salgo entera de esta, me propongo buscar un tejido que tenga esa misma cualidad reluciente.

Admiro su cabello hasta que, de pronto, me lo encuentro justo delante. No se ha movido y yo no tengo intención de ir más despacio. Así que, sin pensarlo dos veces, me lanzo contra ella.

Bueno, en realidad me lanzo a través de ella.

Entro en fase cuando nuestros cuerpos se encuentran y no siento nada al atravesar su cuerpo hasta el otro lado en medio de la calle. Y no me atrevo a volver la vista atrás hasta que oigo un golpe pesado contra los adoquines, a mi espalda. Diviso el rostro del imperial contra las piedras del suelo, y de pronto veo a la chica que corre detrás de mí.

—¡No te pares! —me grita.

Ni se molesta en disimular la sonrisa que le asoma a los labios. A mí solo me sale una carcajada jadeante mientras me concentro en forzar las piernas cansadas para ir más deprisa.

Seguimos corriendo hasta que me jala para meternos en un callejón estrecho, donde pasamos entre los indigentes que hay allí acurrucados.

—Por aquí —me ordena sin soltarme el brazo.

Nos escabullimos por varias callejas sombrías hasta que, por fin, nos dejamos caer contra una sucia pared de ladrillo y respiramos jadeantes el aire polvoriento.

Me examina y la examino.

Entre nosotras nace algo parecido a un entendimiento. Como si la soledad se hubiera emparejado.

La chica arquea las cejas al ver el bollo de miel que llevo en la mano.

—Tu primer robo, ¿eh?

Sonrío con timidez.

—¿Tanto se me nota?

Se encoge de hombros.

—Para ser una fase ya se te podría dar mejor lo de escapar.

—Sí —asiento con un suspiro—, eso pensaba yo. Y mira a lo que me llevó. —Se hace el silencio durante un momento—. Ah, y, oye, no sé muy bien qué hiciste antes, pero gracias por tu ayuda.

Me dedica una sonrisa.

—No fue nada. Me limité a poner un pie. Si el imperial tropezó no es culpa mía.

Nos echamos a reír. Este breve momento de camaradería es bonito. Una calidez me inunda por dentro con la risa, que es la primera en mucho tiempo. La primera desde lo de mi madre. Le muestro el bollo de miel.

—¿Lo compartimos?

Se ríe de nuevo cuando se lo agito bajo la nariz.

—Sí, seguro, ahora que lo tienes todo sudado.

—Esto no es nada —digo, y cuesta entenderme con la boca llena—. Sudo más cuando tengo que coser un corsé.

Me mira, consternada ante tal afirmación.

—¿Para qué quieres un corsé?

—Yo, por desgracia, para nada. —Suspiro con melancolía—. Pero las mujeres ricas sí que los quieren.

Me mira, parpadea y veo que algo se cuece tras esos ojos azules.

—¿Vendes ropa?

Se me van los ojos hacia la camisa sucia que le cae desde los hombros hasta los pantalones remetidos en las botas.

—Sí, y no te vendría mal a ti. —Le paso la mano por la manga de tela basta que le roza la piel—. Esto no funciona para nada.

—Ahora mismo, mi prioridad es robar comida —gruñe.

La emoción me sale burbujeante en forma de grito ahogado.

—¿Tú robas? ¿Sabes robar bien?

—¿Robar bien? —repite, escéptica.

—Bueno, lo que acabo de hacer lo hice mal. —Asiente de inmediato—. Así que ¿puedes hacer lo que hice yo, pero…, no sé cómo decirlo…, bien?

—Cualquier cosa es mejor —me dice con una sonrisa—. Pero, sí, yo robo bien.

—¡Perfecto! —digo en tono alegre; le tiendo la mano en la que no llevo la mercancía robada—. Yo soy Adena.

Me da la mano, aunque me parece que es solo por seguirme la corriente.

—Yo soy Paedyn.

—Estupendo, Paedyn. —Arranco la mitad del bollo de miel y se lo ofrezco—. Podemos hacer muy buen equipo.

Se mete un trozo en la boca.

—¿En plan de tú coses y yo robo? ¿Y nos repartimos el dinero y la comida?

—Eso es. —Titubeo un instante—. O sea, si no tienes un lugar mejor que los barrios bajos…

—Ya no —dice más deprisa de lo que habría sido normal—. Bueno, ¿qué? ¿Somos socias?

—Somos socias. —Sonrío y la miro de arriba abajo—. Y el primer encargo que recibo es hacerte ropa menos horrorosa que la que llevas.

Sofoca una risa.

—Sí, porque eso es prioritario.

Le doy otro mordisco al bollo de miel y saboreo el dulzor que se me derrite en la lengua.

—Y tu primer encargo es traerme más de estos.

CAPÍTULO 1

Makoto

Su nombre está en la lista de los muertos.

Entorno los ojos para protegerme de la luz del sol y examino todos los nombres escritos en el cartel. El de ella está con los otros ocho, subestimado bajo el del príncipe, en la parte superior. Pero, pese a estar en la lista, nuestro futuro ejecutor esquivará con facilidad la muerte que aguarda a los otros participantes. Porque estas Pruebas se diseñaron para élites como él. No para élites como ella.

Vuelvo a repasar la lista y no reconozco ningún otro nombre. Nunca he sido de los que siguen las noticias para saber qué élites alcanzan suficiente relevancia como para llegar a las Pruebas.

Un hombro choca contra el mío, y luego noto más empujones. Saqueo es una marea de cuerpos sudorosos y gritos retumbantes de celebración, una razón más para desear estar en cualquier lugar menos en los barrios bajos

de Ilya. Me cuesta abrirme camino por la calle abarrotada, llena a rebosar de ignorancia hecha carne. Llena a rebosar de alaridos de ánimo y vítores a los contendientes que eligieron para representar a Saqueo.

Paso entre la gente sin hacer caso de sus celebraciones.

No han hecho nada más que mandar a élites mundanos y defensivos a la muerte.

Como a ella.

Pero debería ser yo. Yo debería morir de una manera brutal. Yo debería morir a solas. Yo debería morir.

Los cánticos en honor de las sextas Pruebas de la Purga me resuenan en los oídos y cada palabra me recuerda lo que he hecho: nada.

Me he pasado toda la vida escondido a su sombra, ocultándome de la vida. Y ahora a ella la eligieron porque no hizo lo mismo. La gente la conocía, les encantaba su magia callejera de velo. Pero la sentenciaron a muerte y lo disfrazaron de honor.

Es una defensiva. Por tanto, ya está muerta.

Y yo debo encontrarla.

Tengo las manos sucias de polvo de carbón y las prendas de cuero se me pegan al cuerpo sudoroso como si aún estuviera descargando martillazos contra el acero sobre las brasas. Había estado trabajando toda la noche y seguía haciéndolo cuando la conmoción me sacó del taller.

Tendría que haber ido a verla la noche anterior. Tendría que haber estado con ella cuando se enteró.

Y ahora avanzo a empujones por un mar de gente para tratar de encontrarla antes de que sea tarde. Escudriño la calle abarrotada, veo un carruaje que traquetea hacia el final. Se detiene con un chirrido. Los caballos parecen casi tan impacientes como los conductores por salir de los barrios bajos.

«Sé muy bien cómo se sienten».

La muchedumbre me empuja hacia adelante cuando se precipitan hacia el carruaje, lo rodean como si fuera un boleto gratis para salir de este agujero del infierno. De mala gana me dejo llevar y la veo cuando sube.

Un imperial le indica el peldaño y ella le da las gracias con timidez, como si no la estuviera escoltando hacia la muerte. Típico de Hera. Lo último que veo de ella es el brillante pelo negro cuando las cuatro paredes la engullen en el vientre del carruaje.

El mundo parece enmudecer, gira más despacio con cada inhalación temblorosa, con cada bocanada de aire que logro meterme en los pulmones.

No me pude despedir.

Me rozo con el pulgar la cicatriz irregular que tengo sobre los labios. La recorro como hice el día en que mi vida se convirtió de verdad en un secreto. El embotamiento que tan bien conozco se apodera de mi cuerpo, me invade con su amargura.

Estoy a punto de darme media vuelta porque no quiero verla partir hacia la muerte.

Entonces, un destello de plata me llama la atención.

Miro las docenas de cabezas que salpican la calle, la veo caminar hacia el carruaje con la melena que me dice todo lo que necesito saber.

«Así que esta es la famosa Salvadora de Plata».

La noticia de que salvó al príncipe Kai me ha llegado incluso a mí, lo que demuestra lo mucho que ha corrido por los barrios bajos. Puede que sea un escéptico o puede que sea la única persona que piensa con lógica, pero no me convenció el relato de su pelea con un silenciador. Una pelea que ni el futuro ejecutor en persona pudo ganar.

Y sé muy bien lo que es estar en el pellejo de Kai.

La veo subir al carruaje cuando una chica salta y capta mi atención. Los rizos oscuros se le agitan con cada intento de ver por encima de las cabezas de la gente. Alza las manos y las agita en dirección a la Salvadora de Plata. Grita algo que parece muy sentido, una especie de despedida desperdiciada que ella no va a oír.

Me inclino sobre un par de jovencitas que cantan desafinando con el resto de la calle. Entorno los ojos para tratar de ver el rostro de la chica que no para de saltar. Tiene algo que me suena, como si no fuera la primera vez que gozo de la presencia de su alegría perpetua.

Pongo los ojos en blanco cuando caigo en la cuenta.

Sí, sé muy bien quién es. De hecho, creo que forma parte de la creciente lista de motivos para no salir nunca del taller.

Una vez estaba comprando suministros a un comerciante tan ansioso por hacerse con mi dinero como yo por volver al refugio de mi cobertizo. Me puse el fardo de cuero bajo el brazo y eché a andar con llamativa falta de energía, y entonces la oí pregonar su mercancía en un tono alegre hasta el absurdo.

Y la vi, sacudiendo los rizos con cada movimiento dinámico de la cabeza, entre una plétora de ropa y describiendo una camisa azul normal con muchas más palabras de las necesarias.

Puede que le dijera un par de cosas, pero los detalles de la conversación no fueron tan interesantes como para que me molestara en recordarlos.

Eso fue hace varias semanas, pero no me cabe duda de que la chica que salta y agita las manos como loca en la calle es la misma costurera que vende en la esquina de un callejón.

Y es una fase. Eso sí lo recuerdo. Bueno, eso y su asombrosa capacidad para no dejar de hablar.

La veo lanzarle besos a la Salvadora de Plata, tantos que me dispongo a ver cómo se desmaya. Pero no, insiste en hacerme presenciar la entrañable exhibición de su afecto hacia esa chica.

La sinceridad de cada gesto y grito son innegables. La costurera conoce a la Salvadora de Plata y, a juzgar por su actitud, la conoce bien. Tanto como para hacer cualquier cosa por ella.

Pienso a toda velocidad, trazo planes. Un plan espantosamente impulsivo empieza a cobrar forma. Es un plan que nunca debería salir de los confines de mi mente, y mucho menos aún ponerse en práctica.

«Pero podría dar resultado».

Es lo típico que se piensa antes de que todo se vaya a la mierda.

Pero, claro, las cosas ya no pueden ponerse peor.

CAPÍTULO 2
Adena

Mi única compañía son los retales de tejido.

Suena mucho más deprimente de lo que es, en serio. Se trata de un periodo temporal de soledad. Cuando Pae regrese de las Pruebas, y me niego a pensar que pueda ser de otra manera, volverá a dormir a mi izquierda sin hacer el menor ruido.

Solo con pensarlo me echo hacia un lado para que tenga suficiente espacio. No voy a ocupar su lugar, me niego, así que se lo he reservado con montones de mis telas. Es como un memorial, pero no de los deprimentes, para los muertos. Más bien un «te extraño y te estoy guardando el lugar».

Esta noche hay corrientes en el Fuerte, aunque seguro que es porque lo construimos a partir de los objetos más diversos cuando teníamos trece años. Esta repentina necesidad de darle una cara nueva a nuestro hogar me tiene tan obsesionada que no puedo dormir. Pae se

merece regresar a un Fuerte fabuloso. Bueno, claro, si gana estas Pruebas, podrá comprar la mitad de los barrios bajos.

¿No sería increíble que lo lograra? Que consiguiera ganar la competencia que busca exhibir el poder de los élites cuando ella carece de poder. Pero, si una vulgar puede lograrlo, esa es Pae. Los engañará a todos con sus habilidades de «mental»; si no me lo hubiera contado, yo aún me creería que su capacidad de observación es un poder.

Me acurruco en nuestra cobija mientras las posibilidades me dan vueltas por la cabeza. Y asiento para mí misma: la redecoración sorpresa del Fuerte será mi regalo para ella.

Me quedé dormida sin darme cuenta, y solo me despierto cuando un rayo de sol me hace cosquillas en la frente.

Me doy la vuelta. Los montones de recortes de telas son muy cómodos hasta que los hilos sueltos me hacen estornudar. Cuando se me pasa el ataque de estornudos, me incorporo y me aparto los rizos de la frente. Abro despacio los ojos adormilados, pero enseguida descubro que no hay nadie junto a mí.

Salgo titubeante de mi lugar tras el Fuerte, sin saber muy bien qué hacer. Desde hace cinco años, Paedyn solo se ha despertado gracias a mi insistencia de cada mañana, y tal vez una parte de mí ha disfrutado con esa rutina de ser la primera persona que ve. Pero no ha sido tarea fácil. Es testaruda hasta cuando duerme.

Me pongo de pie con una resolución que preferiría no tener que reunir en este momento. Me cambio la camisa que me queda grande por otra que también e intento pasarme los dedos entre los rizos alborotados tras una noche de dar vueltas y más vueltas. No tardo en desistir, como todos los días. A estas alturas ya es parte de la rutina.

Me hago una coleta desaliñada en la nuca, agarro un montón de ropa y atravieso en fase la barrera que es el Fuerte.

La luz del sol baña los tejados de las viejas tiendas cuando avanzo por Saqueo, y los rayos bajan por las paredes para acariciar el pavimento. Al verlo, sonrío y saludo en silencio a la brillante estrella. Siempre hemos estado muy unidas, de una manera que no sé explicar.

Paso junto a varios comerciantes que ya están preparando sus carretas para las ventas del día y sonrío a los pocos que lo valoran.

Rutina. Otra vez.

Casi he llegado a mi esquina cuando percibo el olor de los bollos recién hechos. Mi estómago protesta de manera estrepitosa ante el aroma y gruñe por la falta de comida. Y, por lo visto, mis pies lo oyen. Me llevan hacia la fuente del olor mientras estrecho contra mí el fardo de prendas.

Así llego ante el carro del vendedor, abarrotado de bollos de miel. El hombre me saluda con un gesto seco y sonrío con dulzura, como si no estuviera planeando nada ilegal. Pero es como si hubieran diseñado la tentación a mi medida. El estómago me insiste, las manos me pican de ganas de agarrar uno de esos panecillos glaseados.

Nunca se me ha dado bien robar y por eso lo he dejado en manos de Pae. Pero ahora estoy sola, sola con el hambre y sin la voz de la razón. Es una combinación peligrosa, y el estómago vacío está devorando todo atisbo de racionalidad.

Así que, cuando el comerciante se da la vuelta, la historia se repite.

Robo un bollo de miel.

El jarabe dulce me corre por los dedos como la encarnación de un *déjà vu*. Miro cómo me brilla en la mano al tiempo que trato de meterme el fardo de ropa bajo un solo brazo. Me doy la vuelta muy despacio y susurro una disculpa al hombre, que parece amable, y me alejo de su tenderete.

Y entonces es cuando se me cae del fardo la falda verde plisada, la que me llevó horas de trabajo. Me doy la vuelta y me inclino para recogerla antes de que el comerciante se dé cuenta y...

—¡Oye, niña! ¿Tienes dinero para pagar eso?

Echo a correr.

No soy una persona mala que robe y luego huya para evitar las consecuencias. No es que Pae sea una persona mala, claro. No, es que yo no estoy hecha para esto. Mi conciencia no aprueba esta clase de acciones.

—¡Lo siento! —grito mientras corro calle abajo—. ¡Seguro que está buenísimo y bien vale el dinero que no tengo!

Paso entre la gente y el fardo de ropa se me empieza a resbalar con cada zancada. Veo rostros borrosos al pasar, uno de ellos cubierto en parte por una máscara blanca.

«Genial. Ahora atraje la atención de un imperial».

Igual que hace cinco años y por exactamente el mismo crimen.

La repetición de mi estupidez casi me hace reír. Solo que esta vez no vendrá Paedyn para salvarme y no tengo más remedio que seguir corriendo sola para tratar de escapar del crimen.

El imperial me está persiguiendo, me grita para que deje de correr. Hago un esfuerzo para no escuchar las amenazas y paso corriendo junto al callejón donde está nuestro Fuerte. El dolor que siento al tirar dentro las prendas es casi físico.

—¡Volveré por ustedes! —las tranquilizo, y cierro los ojos para no ver cómo mis queridas obras caen sobre los adoquines sucios.

Ya con las manos libres, corro por la calle sin dejar de reprocharme lo que hice, cosa que no me impide dar unos cuantos bocados al bollo como si tratara de reducir el volumen de la prueba incriminadora.

Atravieso varias calles, atajo por callejones mientras trato de no atragantarme con la mercancía robada. El imperial me sigue pisando los talones cuando doblo una esquina y...

Unos brazos largos me rodean el cuerpo y me atraen hacia otro, desconocido. Trato de debatirme, pero es inútil porque el tamaño de la persona que tengo detrás es muy superior. Estoy a punto de gritar para pedir ayuda a cualquiera que me oiga cuando una mano me cubre la boca. Huele a ese hollín que hace que te pique la nariz.

Me jala un paso atrás, otro y otro, hasta que mi captor choca contra la pared y...

... y entra en fase para atravesarla, con lo que me obliga a hacer lo mismo.

Doy un traspié al otro lado del ladrillo, se me enredan los pies. Un brazo musculoso me levanta antes de que llegue al suelo y me vaya de boca contra él. La mano grande me sigue cubriendo la nariz y la boca. Forcejeo para liberarme y escupir todas las palabras que me ahogan.

Entonces es cuando estornudo contra la palma de esa mano.

—¡Mierda!

Vuelvo a tener los pies en el suelo y me veo apartada de golpe del propietario de esa voz grave. Aún me pica la nariz por el polvo que le cubría la mano. Respiro hondo antes de voltear hacia él y trato de organizar los pensamientos, controlar las emociones.

Pero no hago ninguna de las dos cosas, porque el susurro ronco me sale al darme la vuelta.

—¿Tú también eres fase?

Si me quedaba algún pensamiento racional, se esfuma en cuanto lo veo.

Dios existe, y este hombre es la prueba de que tiene favoritos.

Es arrebatador de la misma manera que debe de serlo una puñalada, tan atractivo que duele. Y, como la hoja de un puñal, todo en él es afilado y frío.

Y, de pronto, siento una extraña familiaridad nada más verlo.

Miro arriba y clavo los ojos en los suyos, tan oscuros, antes de bajar por los pómulos marcados. Sigo la forma de los labios y luego la cicatriz que los corta. Todo lo que queda por debajo de la cara está envuelto en ropas gruesas, parte de ellas de cuero, pero salta a la vista que es muy alto y fuerte. Lleva las mangas oscuras enrolladas por encima del hombro, lo que deja a la vista los brazos musculosos cubiertos del polvo negro que me hizo…

—¡Me estornudaste en la mano!

Tiene el brazo extendido y se mira la palma de la mano con incredulidad.

—Bueno… —Busco las palabras con el cuerpo entero—. Tu mano me hizo estornudar.

—¿En serio? No me había dado cuenta —dice con una nota dura de sarcasmo al tiempo que se limpia la palma contra los pantalones.

El tono de voz hace que me tense, pero recuerdo que yo tampoco he causado una excelente primera impresión y me obligo a sonreír con la esperanza de que me devuelva el gesto.

—Bueeeno —digo—, ¿eres fase?

Se pasa por el pelo oscuro los dedos de la mano que no le ensucié con el estornudo. Lo lleva con raya, revuelto y tan largo que se lo recoge en parte con un listón. Pero, cuando se aparta los mechones de la cara, veo que tiene uno plateado entre las ondas negras.

Casi se me para el corazón al verlo, y me recuerda a Pae.

—¿No te quedó claro con lo de atravesar la pared? —se limita a preguntar, y por fin me mira a los ojos.

No creo que me vaya a sonreír a corto plazo. O que me vaya a dedicar una palabra amable. Pero eso no impide que lo siga intentando.

—No, perdona, es que nunca había conocido a otro fase. —Sonrío a pesar de su expresión rígida—. Bueno, sí, claro, sabía que había otros. No soy tan especial como para ser la única. Pero…

—Oye, por increíblemente interesante que sea eso que a lo mejor terminas de decir algún día, tenemos cosas que hacer. —Me dedica un gesto solemne junto con lo que probablemente considera una mirada amable—. Así que te dejo hacer una pregunta más antes de ir al grano.

Lo miro, desconcertada.

—¿Lo dices en serio?

Arqueo las cejas.

—¿Seguro que eso es lo que quieres preguntar?

—¿Qué…, qué cosas tenemos que hacer? —consigo farfullar—. ¿Qué está pasando?

—Esas son dos preguntas. Elige la que más te interese.

Nos miramos.

No soy Paedyn y no me quiero ni imaginar lo que habría hecho ella en un momento así, pero seguro que habría implicado el uso del puñal. Yo, en cambio, elijo un enfoque menos violento. Tal vez pueda fastidiarlo hasta que me deje en paz.

Respiro hondo y fuerzo una sonrisa.

—De acuerdo —digo con toda amabilidad—. ¿Te importa meter la mano en la pared? Siempre he querido ver a otra persona hacerlo.

Se frota la cara.

—La verdad, no sé ni por qué me sorprendo.

Me quedo mirando mientras va hacia los ladrillos y mete la mano.

—Ay, no, espera. —Dejo escapar una risita que es todo inocencia, y voltea a verme sin prisa—. Esa pared no. No. Quería que metieras la mano por aquella.

Señalo los ladrillos que tiene enfrente, lo que me granjea una sonrisa sarcástica por parte del desconocido al que no sé si quiero volver a ver en la vida. Cuando llega a la pared señalada se da la vuelta y arquea las cejas.

—¿Tienes preferencia por una mano? ¿La que me ensuciaste con tu estornudo, tal vez?

—No, qué va, qué tontería —digo con una risita.

Mete la mano izquierda en la pared.

—Ya lo pensé mejor, la derecha.

Se gira hacia mí, rígido, sin disimular el fastidio infinito.

—¿Alguna petición más? ¿Quieres que meta también la cabeza? ¿O un pie?

Niego con la cabeza y puede que mi sonrisa sea un poco demasiado amplia.

—¡No, no!

Se gira hacia la pared. Pasan varios segundos en los que se limita a aguardar. Al final, me mira y parece decidir que puede seguir adelante, y mete la mano en la pared. Veo cómo desaparece hacia el otro lado y no puedo contener una sonrisa ante lo familiar que me resulta. Es extraño, pero es reconfortante ver a alguien con el mismo poder en las venas. Por desagradable y grosero que sea ese alguien.

Saca la mano de la pared y me mira con hastío.

—¿Contenta?

Me cruzo de brazos para tratar de parecer intimidante.

—¿Y si no lo estoy?

—Siento decirte que la vida está llena de decepciones. —Vuelve hasta donde estoy y su voz sigue átona—. Ya es hora de que te diga por qué te salvé el pellejo.

Me le quedo mirando.

—Sí, eso me preguntaba yo. Porque tengo la impresión de que no fue por pura generosidad.

—Evidentemente. —Se cruza los brazos sucios sobre el pecho cubierto por ropas de cuero—. Y ya que hablamos de eso, ¿por qué demonios no entraste en fase para cruzar algún edificio y despistar al imperial?

De pronto, siento la necesidad de defenderme y levanto la cabeza.

—Es que… Bueno, es que nunca se sabe qué te vas a encontrar al otro lado.

En ese momento me distrae el entorno envuelto en sombras, como si lo viera por primera vez. Estamos en un edificio semiderruido, desierto a excepción de nosotros y de cualquier otro ser que se haya colado.

Me mira durante unos segundos largos, tensos.

—Qué raro.

Noto que me mira de arriba abajo y casi prefiero no saber qué ve. El sudor que me perla la frente, seguro, o los mechones de pelo que se me han escapado de la coleta desaliñada. Me seco la mano pegajosa en los pantalones. De pronto, me avergüenzo de la miel que todavía llevo en la palma.

Cuando por fin aparta la vista, me habla con un tono de voz que de repente suena serio.

—Okey, es que…, es que necesito tu ayuda.

Solo le falta poner los ojos en blanco cuando me ve sonreír de oreja a oreja.

—Perdón, ¿te importa repetirlo? —le pido con tono amable al tiempo que me pongo una mano junto a la oreja para oír mejor.

Otra vez me dedica ese gesto de falsa comprensión.

—No, cielo, lo siento, has agotado tu dosis de peticiones. —Respira hondo y pasea por la estancia, distraído—. Eres costurera, ¿no?

—¿Cómo sabes que...? —Me interrumpo en seco y se me para el corazón. Lo miro fijamente y de pronto sus rasgos me resultan de una familiaridad innegable. Lanzo una exclamación que lo agarra por sorpresa y hace que se lleve una mano al pecho—. ¡Oye! ¡Yo te conozco!

Aparta la mirada con gesto culpable.

—Sabía que me sonabas de algo —sigo al tiempo que le clavo un dedo acusador en el pecho—. ¡Eres el que me gritó en la calle!

Se encoge de hombros, nervioso, y se rasca el pelo revuelto.

—Prefiero considerar que fue una crítica constructiva, pero entiendo que te pareciera...

—¡Criticaste mi blusa favorita!

—Y lo mantengo. Debería haber sido...

—Roja —masculló con los dientes apretados—. Sí, ya me acuerdo.

Por su cara, está a punto de echarse a reír.

—Bueno, ¿ya la vendiste?

Soy incapaz de mirarlo a los ojos.

—No —gruño—. La clienta estaba de acuerdo contigo.

Cierra los ojos como si luchara en una batalla interna que lo hace resoplar.

—Qué mala suerte para ti que tuviera buen gusto.

Aprieto más los dientes, frustrada. Hasta el momento, este hombre me resulta insufrible. Nunca había conocido a nadie tan frío y condescendiente. Su capacidad para irritarme incluso a mí es impresionante.

La sola idea hace que apriete los dientes y me marque un nuevo objetivo. Juro que de ahora en adelante no le daré la satisfacción de fastidiarme.

Por eso elijo aterrorizarlo con una amplia sonrisa.

—Bueno, ¿para qué necesitas mi ayuda?

Tarda un momento en recuperarse tras mi repentino cambio de humor.

—A ver. —Suspira—. Metieron en las Pruebas a una persona muy importante para mí. —Me mira a los ojos—. Sé que lo entiendes.

—¿Cómo lo…? —empiezo, y frunzo el ceño, confundida—. ¿Cómo lo sabes?

—Estaba en la calle cuando el carruaje se llevó a los contendientes al castillo. —Carraspea para aclararse la garganta—. Vi subir a Hera, y detrás de ella a la Salvadora de Plata. Y luego te vi a ti, dando saltos y agitando la mano como si lo fuera todo para ti.

—Porque lo es —susurro.

—Pues no sé tú, pero yo no tuve ocasión de decirle adiós a mi todo. —Escupe las palabras como si le supieran amargas—. Hera no va a sobrevivir a las Pruebas. Por eso necesito tu ayuda.

Combino una mirada compasiva con un movimiento negativo de la cabeza.

—¿Qué puedo hacer?

Da un paso hacia mí que devora la distancia que nos separa.

—Tengo que entrar en el castillo y verla por última vez. Necesito darle una cosa. —Las palabras le salen entrecortadas, apremiantes—. Ya sé que parece una locura, pero si consigues hacerme pasar por un imperial puedo entrar en fase por la pared y recorrer el castillo sin que me atrapen.

La sorpresa ahoga el resto de las emociones y me quedo boquiabierta.

—¿Quieres que te disfrace de imperial?

—¿Se te ocurre alguna idea mejor? —replica.

No tardo nada en llegar a la conclusión de que no, no se me ocurre nada mejor. Me pongo los puños en las caderas y lo miro con testarudez.

—¿Y por qué te voy a ayudar? No es que me hayas causado una excelente primera impresión. —Me detengo un instante—. Ninguna de las dos veces que nos hemos visto.

—Cuesta acostumbrarse a mi encanto. —Suspira y se lleva el pulgar a la cicatriz que le parte los labios—. Pero te aseguro que esto puede ser beneficioso para los dos.

Frunzo el ceño.

—¿En qué sentido?

—Para empezar, salta a la vista que necesitas... ayuda. —Estoy a punto de protestar, pero alza una mano llena de hollín que me detiene en seco—. Mejor no te recuerdo cómo fue tu intento de robo de hace un momento, ¿okey? —Chasquea la lengua y sacude la cabeza en gesto de desaprobación—. Te puedo conseguir comida. Agua. Materiales. Lo que quieras.

Es tentador, muy tentador. Bien sabe la plaga que no duraré mucho sin Paedyn robando para darme de comer. Cambio de postura, incómoda.

—¿Y qué más?

Agacha la cabeza y me mira con ojos penetrantes.

—La oportunidad de ver a tu mejor amiga una vez más antes de que sea demasiado tarde.

Me molesta la insinuación.

—Pues claro que volveré a verla. Cuando todo esto acabe.

Su respuesta es tan gélida que se me hiela la sangre.

—¿Y si no es así?

Trago saliva y me detesto solo por pararme a considerar lo que dijo.

—Así que voy al palacio contigo. —Asiente muy despacio—. Y puedo ver a Paedyn mientras tú vas a ver a Hera.

Asiente de nuevo.

—Por lo que sé, durante las Pruebas se alojarán en la misma zona del castillo. Aunque no sé en cuál.

—Y por eso quieres un uniforme de imperial. Para recorrer el castillo sin que nadie te moleste y buscar el ala donde se alojan. —Por fin lo entiendo todo.

—Exacto. —Me tiende la mano sucia y se le curvan los labios en algo que seguramente le parece que es una sonrisa—. ¿Trato hecho?

Le miro la mano llena de hollín.

—No me has preguntado cómo me llamo.

Suelta un bufido.

—Perdón, estaba ocupado con cosas importantes. —Mira mi rostro inexpresivo y deja escapar un gruñido—. Por favor, concédeme el honor de saber cuál es tu nombre. Estoy emocionado por saberlo.

Le dedico una sonrisa luminosa.

—Gracias por preguntarlo, me llamo Adena. ¿Y tú?

Me dirige una sonrisa cargada de sarcasmo, pero responde de mala gana.

—Me puedes llamar Mak.

—Bueno, Mak… —Acepto la mano callosa y se la estrecho—. Somos socios.

—Pues hay que darse prisa, socia. No tenemos mucho tiempo antes de que empiecen las Pruebas.

CAPÍTULO 3
Makoto

—Viendo lo que arriesgaste por un bollo de miel, voy a dar por hecho que tienes hambre.

Se queda boquiabierta, con una expresión de sorpresa cómica, con los ojos fijos en todo menos en la calle bulliciosa. Antes de que pueda decir nada, la agarro por los hombros, pongo los ojos en blanco y la aparto del camino de un carruaje.

Sigue con la misma expresión de asombro, como si no se hubiera dado cuenta de nada.

—¿Cómo supiste que robé...? —Se interrumpe y mira nerviosa a su alrededor, como si temiera que apareciera un imperial ante la mera mención de tan horrendo crimen. Solo cuando considera que es seguro termina la frase en susurros—: ¿Cómo supiste que robé un bollo de miel?

—Aún tienes la mano embarrada —respondo, impasible. Se esconde la mano a la espalda con gesto aver-

gonzado—. Y vi que te perseguía el imperial, claro. Como soy inteligente, sumé dos y dos.

Todo suena muy relajado y natural, pero no es verdad. Lo cierto es que llevo toda la mañana vigilándola y vi su patético intento de robo. Pero eso no se lo digo, claro, porque tengo un plan que llevar a cabo. Un plan estúpido y demencial.

—Inteligente, ¿eh? —Arquea las cejas en gesto dubitativo.

—Lo digo y lo mantengo.

—Ya veo.

Caminamos en silencio, en medio del alboroto de la calle.

Son ocho segundos maravillosos.

—¿Tienes trabajo?

Observo de reojo su gesto alegre.

—Autoempleado.

—¿Y aficiones?

—La autocomplacencia. —La miro a los ojos antes de que se me escapen más respuestas sarcásticas—. Y, de cuando en cuando, el autodesprecio.

Aprieta los labios en gesto de frustración, pero pronto lo suaviza con otra de sus observaciones profundas y perspicaces.

—Eres un gran conversador.

—Autodidacta.

El bufido que suelta resulta audible incluso con el bullicio constante de Saqueo. Me falta poco para sonreír. Porque soy una mala persona que no cree que nadie pueda ser feliz. Tal vez ella lo sea de verdad, pero solo porque aún no me conoce bien.

Soy todo lo contrario que ella, su opuesto. Puede que le abra los ojos y la destroce. Y le estaré haciendo un favor, ampliaré su gama de emociones. Sabrá que hay otros sentimientos aparte de la alegría permanente, insoportable.

La miro de reojo mientras alza la cara hacia el cielo para que los rayos cálidos del sol le bañen la piel. La camisa ligera color púrpura que lleva le baja por el brazo y deja al descubierto una clavícula delicada, un hombro de piel oscura. Observo los rizos negros que se le mecen con cada paso. El flequillo azotado por el viento se le mete en los ojos avellana, llenos de una luz serena que no pinta nada en los barrios bajos.

No hay ni un pensamiento cínico que me permita negar el hecho de que tal vez sea la mujer más hermosa que he tenido el placer de ver jamás. Su calma resulta intimidante, cosa que es contradictoria. Casi me dan ganas de detestarla por eso. Porque me temo que empiezo a disfrutar con su presencia.

—Buenooo. —Alarga la palabra y me da tiempo de dejar de mirarla antes de que me descubra—. ¿A dónde me llevas?

—A un lugar donde no vas a parar de estornudarme encima, seguro. Así que mantendremos las distancias.

Se encoge de hombros.

—Mientras me sigas haciendo compañía…

Por desgracia, la frase despierta mi interés.

—No recuerdo que fuera parte del trato.

Me mira como si lo que dice fuera obvio.

—Claro. Porque conocerme es parte del trato.

—¿Te has inventado más normas que deba saber?

Hace una mueca que es el equivalente a encogerse de hombros.

—No me gustan las zanahorias, así que no me traigas, por favor. —Tamborilea los labios con un dedo esbelto como si tratara de recordar cosas importantes sobre el tema que nos ocupa—. Ah, cuando estoy cosiendo, concentrada, me sobresalto con facilidad, así que no te me acerques sin avisar. Te puedo pinchar con la aguja. Quedas avisado.

—Quedo avisado. —Suspiro—. ¿Alguna otra exigencia?

Se le curvan los labios en una sonrisa traviesa.

—Necesito un bollo de miel al día. Como pago por mi duro trabajo, claro.

Le miro el cuerpo esbelto.

—A ver si así echas un poco de carne sobre esos huesos.

Vuelvo a concentrarme en la calle bulliciosa y tengo que esquivar varias carrtas, junto con los niños que corretean entre ellas. Adena va tan distraída que resulta alarmante.

—¿Qué vas mirando? —pregunto con tono acusador—. Sea lo que sea, no es esta calle, eso seguro.

Esboza una sonrisa al ver lo que nos rodea.

—Es obvio que no vemos el mundo de la misma manera.

—Puedes ver el mundo como te dé la gana, pero mira por dónde andas. —Hago una pausa para sopesar lo que dije. Me giro hacia ella y arqueo las cejas—. Es un buen consejo. Anótatelo.

Se echa a reír y estoy seguro de que es de mí. Pero el sonido me resulta agradable.

—Sí, una perla de sabiduría.

Hago un ademán en dirección a un comerciante con una carreta cargado de telas de muchos colores.

—¿Cuánto necesitas para el uniforme? ¿Un par de metros?

Me dirijo hacia el despliegue de colores abigarrados cuando una mano me agarra por el bíceps.

—¿A dónde vas? —me pregunta, exasperada—. Antes de comprar tela tengo que tomarte las medidas.

—No lo dirás en serio —replico en tono seco—. ¿Por qué no nos llevamos un poco y luego ya...?

—Esto lo vamos a hacer como yo diga, Mak. —La repentina firmeza que muestra es casi alarmante—. O no lo haremos.

Alzo una mano en gesto burlón de rendición.

—De acuerdo. Me dejaste paralizado, paraste de sonreír el tiempo suficiente para regañarme.

Sonríe para dejar claro que tengo razón. Avanzamos unos pasos calle abajo y señalo un callejón hacia la derecha.

—Por aquí.

Me sigue de cerca, como una sombra menuda pegada a mis talones. Voy delante de ella callejón abajo y me detengo ante una de las muchas puertas en el ladrillo deteriorado. Saco la llave del bolsillo y doy comienzo a la rutina de forzar el hierro en la cerradura.

La puerta se abre chirriante cuando la fuerzo con el hombro pese a la protesta de las bisagras oxidadas. La mantengo abierta con un brazo y le hago un ademán para que entre. Me dirige una sonrisa y me quedo viendo cómo abarca mi vida entera con una sola mirada.

Recorre a paso lento lo que se podría describir con generosidad como un cobertizo con ínfulas. Me resulta extraño ver a alguien observando mi caos.

Pasa los dedos por las diferentes herramientas y restos de metal tirados por la habitación. Una fina capa de polvo de carbón lo cubre todo cerca de la enorme chimenea que ha manchado de mugre media habitación.

Mi vida transcurre en este espacio diminuto. Me gano el sustento como herrero en una mitad, y en la otra hay una cama deshecha y unos cuantos armarios dispares donde guardo la ropa y la comida que tenga en cada momento.

No se acerca a esa parte más privada de la habitación, aunque la veo mirar de reojo las cobijas arrugadas. Se fija más en el surtido de armas alineadas contra la pared antes de tocar el yunque que hay junto a la chimenea.

—Eres herrero.

Me cruzo de brazos.

—Tus poderes de observación son asombrosos.

No hace caso del comentario.

—¿A quién le vendes las armas?

Me encojo de hombros.

—A cualquiera que sea listo y quiera una. —Me mira con gesto interrogador para que entre en detalle—. En los barrios bajos todo el mundo debería tener cómo defenderse. Es la supervivencia del más fuerte.

Pasea la mirada por los estantes de armas.

—No sé, nunca he tenido esa impresión en Saqueo. —Frunce el ceño con gesto solemne—. Es como un hogar.

Trago saliva.

—En el hogar es donde más daño te pueden hacer.

Se queda en silencio durante un momento sorprendentemente largo. Luego, ya no.

—Así que le das a cualquiera el arma que te pida.

Me apoyo contra una pared y la veo observar mi obra.

—Bueno, por lo general también me piden que les enseñe a manejar el arma que eligieron.

Voltea a verme con una sonrisa de sorpresa.

—¿Y lo haces?

—No pongas esa cara de susto.

—Perdón. —Se ríe a la defensiva—. Es que pensaba que tenías un corazón carente de bondad y no le dabas nada a nadie.

—A ti no —replico con un bufido—. No voy a desperdiciar esa bondad con alguien que ya tiene de sobra.

Se ríe de nuevo y, aunque no era mi intención, no me quejo.

—Me lo tomaré como un cumplido.

—Lo daba por hecho —mascullo.

Me aparto de la pared para ir hacia ella. Alza la cabeza para mirarme a los ojos.

—¿Listo para que te tome medidas?

—¿Hay alternativa?

Sonríe de oreja a oreja.

—¡No! —Mira por todos lados, pero al final tiene que preguntar—. ¿Tienes un metro?

Rebusco por los armarios abarrotados y encuentro una cinta de medir que tenía guardada. Adena la estira y me lleva hacia el centro de la habitación.

La oigo carraspear y bajo la vista hacia ella con gesto de interrogación.

—Eh… —Aparta la vista, incómoda—. Necesito que te quites la camisa. —No me da tiempo de abrir la boca—. Es que no puedo medir bien con tantos bolsillos —añade a toda prisa—. O sea, los pantalones, no, los pantalones no te los quites porque los que llevan los imperiales son sueltos, así que solo la camisa. A menos que no quieras, claro, entonces…

—Esto no requiere diez minutos de explicaciones.

Suspiro y me quito la camisa con un movimiento rápido. Me la saco por la cabeza con facilidad, considerando que es de un tejido elástico con un parche de cuero que me protege el pecho. La tiro al suelo y veo que sigue el movimiento con los ojos con tal de no mirarme el pecho desnudo. Hace un gesto de dolor al ver la prenda arrugada sin contemplaciones. Se agacha para recogerla y la roza con los dedos.

—¿El cuero es para que no te salten chispas al pecho? —Gruño en señal de asentimiento—. Pero el resto es transpirable y lo puedes usar pese al fuego.

—Y los bolsillos son para llevar herramientas —me limito a añadir.

Una sonrisa le aflora a los labios.

—Me recuerda a uno que le hice a Pae. Solo que sus bolsillos son para lo que roba.

Nos quedamos en silencio unos segundos.

—Bueno, por favor, abre bien los brazos.

Obedezco de mala gana y me quedo de pie ante ella con el pecho al aire y los brazos abiertos. A toda prisa me mide los brazos y las piernas, y anota las cifras en un trozo de papel. Sus ojos no se detienen en ningún punto de mi cuerpo en concreto, pero la veo tragar saliva y noto el roce de sus dedos. Los tiene helados.

Huele a miel, a felicidad hecha persona. Y me distrae demasiado.

Luego me rodea el torso con los brazos para medirme el pecho.

—Perdón —murmura con timidez, y noto el aliento cálido contra la piel. Mira el punto exacto de la cinta y anota el dato, y alza la vista con un gesto de preocupación burlona—. Vaya, vaya. Aquí hay alguien que no se está comiendo los bollos de miel.

La miro sin expresión.

—Será porque alguien se los comió todos, o los robó, antes de que llegara yo.

—Espero que eso no sea una acusación. —Tiene los ojos muy abiertos y el ceño fruncido—. Ya me gustaría a mí comerme la producción entera de bollos de miel de Saqueo. —Me mira de arriba abajo y llega a una conclusión muy profunda—. Ahora se entiende que seas tan gruñón.

—Ah, claro. Por la carencia de bollos de miel. Por fin llegaste al fondo del asunto.

Pero ya no me presta atención, solo mira el trozo de papel arrugado que tiene en la mano.

—Okey, consígueme cinco metros y medio de tela blanca, para ir sobre seguro. Eres mucho más alto que mis modelos habituales, o sea, Pae. —Me pone el papel en la mano—. Y que no sea tela barata de esa que se deshilacha. Tiene que parecer auténtica, así que compra poliéster.

—¿Y por qué no vienes conmigo a comprarla?

Me responde en tono pausado, como si me dijera algo obvio.

—Porque tengo que preparar cosas. Y hacer un..., cómo te diría yo. Un ritual precostura.

De pronto, me veo venir un dolor palpitante.

—Sí, claro. —Me pongo la camisa a toda velocidad y voy hacia la puerta—. No rompas nada.

Su respuesta me llega cuando ya estoy en el callejón.

—¡Okey, pero solo si me compras una aguja nueva!

CAPÍTULO 4
Adena

Estoy chismeando.

La causa fue una peligrosa mezcla de aburrimiento y curiosidad. Ya había puesto en orden las notas y las medidas, así que no tenía nada que hacer aparte de husmear en el caos de la vida de Mak.

No entro en la zona personal del taller donde vive, aunque miro desde la distancia la cama y los armarios. Es extraño, pero lo que más me interesa es su colección de armas. Estoy haciendo mucho ruido al chocar acero contra acero y pasar las manos por todo lo que veo.

Y, de pronto, dejo escapar un grito.

Tras el grito llega un escozor muy desagradable.

La palma de la mano se me llena de sangre.

Tengo un corte irregular en el centro de la mano y toda la piel manchada de escarlata. El culpable se encuentra en uno de los estantes, bajo el peso de innu-

merables herramientas, con el filo oculto inocentemente entre ellas. Rara vez he sujetado un puñal, así que nunca me he cortado con uno. Mi máxima interacción con un arma blanca ha sido darle el suyo a Paedyn.

Sopeso la posibilidad de salir corriendo por la puerta y huir del reino. No hace mucho que conozco a Mak, pero sé que no va a ser comprensivo. Seguro que se ríe de mí y...

La puerta se abre de golpe como si mi estupidez lo hubiera invocado.

—No sé qué es el poliéster, pero más vale que haya acertado, porque, demonios, qué precio.

Me giro hacia él y escondo la mano ensangrentada a la espalda. Fuerzo una sonrisa y miro el fardo blanco que lleva en las manos. Se me acerca sin previo aviso, salva la distancia que nos separa en dos zancadas.

—Vamos. —Señala la tela—. Dime que esto es lo que querías.

Trago saliva y adelanto la mano ilesa al tiempo que trato de no sentir el escozor punzante en la otra. Acerco los dedos al tejido y, al instante, me agarra por la muñeca para detenerme en seco.

—¿Qué hiciste? —pregunta con voz pausada, deliberada.

—¿Eh? —La culpa me hace abrir mucho los ojos—. ¿A qué te refieres?

Suspira.

—No empecemos con mentiras. Tienes sangre en el nudillo.

Me miro la mano.

—Ah.

—Eso, «ah».

Me echa la mano a la espalda y me roza la cadera, lo que me provoca una descarga eléctrica. Me agarra la mano delatora y abre mucho los ojos al ver la sangre que gotea. Debe de ser la emoción más intensa que le he visto hasta ahora.

Sonrío con calidez al ver la nube de preocupación que le pasa por el rostro.

—No es nada, tranquilo. Un cortecito con una hoja. No te preocupes.

—Un poco tarde para eso —dice, y me mira a los ojos.

Se me alegra el corazón ante la exhibición de sentimientos, ante la muestra de bondad que llevaba tiempo esperando. Sabía que tarde o temprano le saldría algo amable como...

—¡Eeey, vas a manchar la tela de sangre!

La expresión de gentileza se me vuelve a transformar en el fastidio de antes.

—Y yo pensando que te preocupabas por mí...

Se dirige hacia la cama deshecha y suelta encima la tela, a buena distancia de mí y de mis manos contaminadas.

—Si hubiera tenido que pagar tres monedas de plata por ti, también estaría preocupado.

Por la plaga, yo nunca he pagado tanto por una tela. Pero, claro, rara vez pago por la tela. Pae tiene otros medios para que llegue a mi poder.

De pronto vuelve a estar a mi lado, imponente, y me examina la mano ensangrentada mientras trato por todos los medios de no hacer una mueca de dolor. Arquea las cejas con una mirada acusadora.

—¿Qué, husmeando?

—Un poquito —reconozco de mala gana.

Me levanta la mano para examinarla.

—¿Cómo demonios te las arreglaste para hacerte esto?

—Es un don que tengo. —Suspiro—. El único objeto peligroso que me permito tocar es una aguja, y hasta así me puedo hacer daño.

—Vamos. —Me pone una mano en la espalda y el contacto es ligero, como el fantasma de una caricia, aunque puede que sean imaginaciones mías—. Te voy a limpiar la herida. Gracias a la bondad de mi corazón.

Lo miro de reojo.

—¿No decías que no tenías de eso?

—Me provocaste.

Me lleva a la mitad personal de la habitación, a donde no me he atrevido a aventurarme. La consideraba demasiado íntima como para fisgonear.

La cama revuelta me parece más cercana con cada paso, junto con los armarios destartalados de la pared de enfrente. Me detengo antes de chocar contra el mostrador y me giro hacia él con expresión interrogante.

Y, en ese momento, me despego del suelo.

Suelto una exclamación, puede que un grito, cuando me levanta con facilidad. Me lanza una mirada cortante.

—Prefiero que no me lo llenes todo de sangre tratando de subirte.

Sigue con las manos en mis caderas y se me ha cortado la respiración. Trato de parpadear para que se me borre de la cara la expresión de asombro.

—Claro. Sí, lo entiendo.

Se sujeta el pelo con un listón, aunque aún le caen sobre la cara unos mechones y otros le rozan el cuello.

Me sonrojo al mirarlo, como si verle el pecho desnudo no hubiera sido tanto como el espectáculo del pelo revuelto.

Me agarra la mano herida con la suya y, con la otra, agarra una cantimplora de agua que hay en el mostrador. Desenrosca la tapa con los dientes y me vierte el líquido en la palma. El agua fría cae en el corte ensangrentado y me escuece al entrar en la carne, que ahora parece cubierta de volutas color carmesí.

Me muerdo los labios para contener las lágrimas que se me han acumulado en los ojos. Nunca se me ha dado bien enfrentarme al dolor. Nunca me ha hecho falta. Pero me niego a avergonzarme de mi delicadeza. La suavidad es la fuerza de la que carece la fragilidad.

—Siento que algo mío te haya hecho daño —dice en voz baja.

Me encojo de hombros.

—Yo lo siento por el cuchillo.

Me mira a los ojos, solo un segundo.

—Y eso, ¿por qué?

—Porque te lo llené de sangre.

Alzo la vista justo a tiempo de presenciar el hermoso accidente que ha tenido lugar.

Lo hice sonreír.

Al principio parece que quiere resistirse, como si estuviera rompiendo una antigua costumbre. Luego, todo son dientes blancos, arrugas en torno a los ojos y risitas contenidas.

Se le transformó el rostro, se le caldearon los rasgos. La expresión gélida se derritió para dejar paso a detalles amables y a una sonrisa arrebatadora. La cicatriz fina que tiene en los labios se tensa y se convierte en algo mucho más delicado, menos intimidante.

Veo el rostro de un muchacho al que la vida aún no ha curtido.

—¡Vaya, pero si sonríe y todo! —digo, y sonrío a mi vez.

Me arrepiento de inmediato de haber abierto la boca. Es como si las palabras hubieran apagado la chispa que le iluminó la cara. Vuelve la expresión pétrea.

—No te acostumbres.

—Sí, no quiera la plaga que seas feliz por una vez —murmuro para provocarlo, pero tomo una decisión—. Te voy a arrancar más sonrisas.

Lo observo mientras limpia la herida con delicadeza, manchando el trapo con cada toquecito. Sacudo la rodilla nerviosa contra el mostrador a la espera de su respuesta, lo que hace que tintinee la cantimplora ya vacía. Mira de reojo la conmoción que estoy provocando y luego se vuelve a concentrar en las manos con las que me cura. Como las tiene ocupadas, debe presionar el cuerpo contra la rodilla para inmovilizarme.

El contacto con su cadera es un fuego que atraviesa todas las capas de ropa, los pensamientos racionales, hasta la última fibra de mi ser. La rodilla se paraliza bajo su peso y el corazón se me detiene ante su proximidad.

No sé cómo, consigue acercarse todavía más.

—Te las tendrás que ganar, dulzura.

No sé qué me pasa, pero de pronto me cuesta tragar con el nudo que se me hace en la garganta al oír esa voz grave.

—Y eso, ¿por qué?

—Porque ni yo me las merezco.

Es obvio que no quiere dar más explicaciones. Nos miramos durante un largo momento y luego se pone a rebuscar en un armario hasta que saca un rollo de venda de las profundidades. Arranca un trozo con los dientes que no creo que vuelva a ver jamás y me empieza a envolver la mano a conciencia.

—Ya está —dice, y se aparta para contemplar su obra—. Ya no me mancharás de sangre la tela.

—Pues habría quedado más realista —apunto. Inclino la cabeza a un lado—. ¿No te has fijado en lo sucios que llevan los uniformes esos imperiales?

—Rayos, Adena —bufa—. La próxima vez, dímelo antes de que pierda el tiempo vendándote la herida.

CAPÍTULO 5

𝔐akoto

Da cabezadas peligrosamente cerca de la afilada aguja que se le resbala entre los dedos.

Se sobresalta y contiene una exclamación, y parpadea para despejarse la vista. Los ojos cansados buscan los míos mientras trabajo ante la mesa en el diseño de un cuchillo nuevo.

Vuelvo a centrarme en mi trabajo. Ya no me sorprende nada de lo que hace.

—Te volverás a pinchar.

—No es la primera vez que me paso la noche trabajando —dice a la defensiva al tiempo que sofoca un bostezo—. No me pasa nada.

—Esta vez te la vas a clavar en un ojo. —Suspiro—. O en el cuello. En los dedos, seguro.

—No me la voy a clavar en nada, Mak.

Dice mi nombre, y me sorprende el efecto de oírlo de una persona tan hermosa. Me levanto y voy hacia ella.

—Seguro que no. —Farfulla algo cuando le quito la aguja de entre los dedos—. Porque se acabó por esta noche.

—No, aún me queda mucho que hacer —protesta al tiempo que señala el tejido marcado con alfileres—. Acabo de empezar con el hilvanado, y ni te cuento lo que me van a costar las tablas de...

—Llevas dos días trabajando. —Me cruzo de brazos—. Y hoy no quiero oír ni una palabra más. Tienes que estar agotada solo de hablar.

La mirada hosca que me lanza rivaliza con cualquier arma de mi arsenal.

—¿Me estás echando?

Le dirijo una sonrisa burlona.

—Cuidado, no te vayas a dar con la puerta cuando salgas.

—Perfecto. —Se levanta y me mira con el ceño fruncido. Resulta hasta cómico de puro encantador—. Con un poco de suerte dormirás bien y estarás menos gruñón mañana por la mañana.

—¿Es lo que pasó anoche?

—Obviamente no, pero no perdamos la esperanza. Todavía.

—Bueno, si pensar eso te ayuda a dormir mejor... —digo con amabilidad.

Pasa de largo junto a mí hacia la puerta. Luego, sin previo aviso, se da media vuelta.

—Aquí estaré a primera hora.

—Ya, igual que esta mañana —mascullo.

Suspiro cuando se gira de nuevo.

—Y espero que me recibas con una sonrisa y un bollo de miel.

Hace un ademán seco con la cabeza como si eso fuera el punto final de su lista de exigencias. Me cruzo de brazos.

—Pensaba que habíamos cerrado el tema de peticiones.

—Tráeme el bollo de miel y veremos.

Y, así, sale de mi vista por la puerta de madera que se cierra tras ella con un chirrido.

Solo entonces respiro hondo por primera vez desde que la conocí.

Es embriagadora de una manera que agota, como correr hasta que te quedas sin aliento, pero disfrutando de la sensación. Y me siento como si llevara días a toda velocidad.

Peor aún: mucho me temo que estoy disfrutando con su compañía.

Es terrible tener que admitir que me gusta una persona.

Me paso los dedos por los mechones de pelo que me caen sobre la cara y suspiro mientras voy hacia la cama sin hacer en la que me muero por caer de boca. Pero lo que hago es sentarme en el borde, perdido en unos pensamientos que preferiría no albergar. Pensamientos que giran en torno a una chica que acabo de conocer. Es poético de una manera patética.

Sacudo la cabeza para liberarme de un sopor inevitablemente autodestructivo y me pongo de pie para dar comienzo a la rutina nocturna. Consiste en quitarme del torso las capas de ropa sucia de carbón. Una vez hecho esto, me deshago de los pantalones con parches de cuero. En calzoncillos, busco entre los muchos cajones destartalados hasta dar con unos pantalones ligeros que ponerme.

Todo esto va a su ritmo, como sucede siempre con las rutinas. Lo siguiente es humedecer un trapo para limpiarme el hollín de la piel. Para ser sincero, cosa que me resulta relativamente novedosa, suelo quedarme dormido sobre la mesa de trabajo a estas horas, pero esta noche los cambios hacen que la cabeza no pare de funcionarme, y por una vez estoy tan despierto como para seguir hasta el final.

El hollín mancha el trapo húmedo que me paso por la piel y deja al descubierto las cicatrices.

Y entonces empiezan los golpes en la puerta.

Por la plaga, no van a parar a no ser que abra.

La encuentro ante mí, pero no es una versión de ella que haya visto antes. Tiene la cara congestionada, llena de lágrimas que le salen de los ojos color avellana. Está temblando de la cabeza a los pies, con todo el cuerpo menudo sacudido por el miedo.

Casi no le sale la voz del pánico y deja que sus actos hablen por ella. Se lanza hacia mí y se me agarra a la cintura para apoyar contra mi piel las mejillas llorosas.

Titubeo un momento, rígido, inseguro. Es una sensación pasajera que queda borrada en cuanto la detecto, pero me basta para reconocer las emociones que me está despertando. Porque la incertidumbre quiere decir que me importa lo suficiente para tener dudas sobre cómo debo actuar.

Cuando me llega ese aterrador sentimiento, la rodeo con los brazos y la estrecho contra mí. Solloza pegada a mi piel y me mancha con un surtido de líquidos que ahora mismo no quiero analizar.

—L-lo siento —susurra con voz ahogada—. No tenía a dónde ir.

Le agarro la cara para alzarla hacia la mía, con lo que veo lo alterada que está.

—¿Qué pasó? ¿Qué sucede?

Sorbe por la nariz.

—I-iba de camino al F-Fuerte, y unos hombres…, en un callejón… —Me empieza a hervir la sangre antes de que acabe la frase—. Comenzaron a decirme… cosas… Y l-luego me siguieron y… —Se le llenan los ojos con más lágrimas de rabia—. Eché a correr… N-no sabía qué hacer…

—Shhh. —Le paso una mano por el pelo rizado mientras el hipo le sacude el cuerpo—. Hiciste lo correcto. Acude a mí. Acude siempre a mí.

«Solo que, si todo va según el plan, no estaré aquí mucho tiempo».

No lo digo en voz alta, claro, tengo que ocultar mi cobardía. Alza la vista hacia mí con las espesas pestañas llenas de lágrimas.

—¿Te desperté? Lo siento, debería...

—¿Haberles dado una buena patada en el trasero? —Termino la frase con un suspiro—. Sí, pero no sabes cómo, claro.

Niega con la cabeza mientras sorbe por la nariz.

—Siempre he tenido a Pae para lo de las patadas en el... trasero.

Titubea antes de decir la palabra, como si se parara a considerar si la situación requiere la grosería. El dilema interno que detecto casi me hace sonreír.

—Sí, bueno, pero ya no está contigo —digo muy despacio—. Así que es hora de que aprendas.

Se aparta de mí con una expresión de incertidumbre en el rostro.

—No sé... Soy más de hacer el amor y no la guerra.

—Sí, ya me he dado cuenta. —Las palabras me salen mucho más amables de lo que esperaba, como si esta chica hubiera abierto mis reservas de compasión.

Se da la vuelta para ocultar la cara en la sombra que proyecto sobre ella—. Mírame. —De nuevo, la palabra me sale amable, tranquilizadora, aunque con energía suficiente para hacerla obedecer. Alza el rostro hacia mí—. ¿Estás bien?

Asiente con energía.

—Ahora sí.

—Me alegro. —Me aparto a un lado para que entre—. Porque vas a dormir aquí hasta nueva orden.

—No, no, no hace falta...

—Hace falta. Y lo harás.

—No, en serio, es muy...

—Generoso por mi parte, lo sé —termino su frase.

Se seca una lágrima de la mejilla y se yergue con determinación.

—Bien, pero solo si me prometes que pasarás una noche en el Fuerte.

Asiento con gesto brusco.

—Claro.

—¿Trato hecho? —insiste, y me tiende la mano que tiene ilesa.

—¿De verdad piensas que eso me obligará a cumplir la promesa?

Mueve los dedos a pesar de lo que dije, y al final le estrecho la mano delicada aunque solo sea para dar por zanjada la conversación.

—Bien, pues está decidido.

Vuelve a sorber por la nariz y se limpia la cara de lágrimas. Luego me contempla, expectante.

—Vamos —digo sin el menor entusiasmo—. Tú duermes en la cama.

Mira con desconfianza las sábanas arrugadas.

—Estoy acostumbrada a dormir en el suelo, así que…

—¿Aceptarás esta muestra adicional de generosidad? —Abre la boca para decir algo, pero solo se oye mi voz—. Excelente. Dormirás en la cama.

De pronto, tiene los puños en las caderas con gesto decidido.

—¿Sería posible que dijeras «por favor» cuando das órdenes?

—Aaah, mírala, por fin se pone firme. —Le doy un golpecito en la nariz—. Pero no.

Se aparta el flequillo de los ojos y va hacia la cama con gesto dubitativo. Duda durante un largo momento y luego se sienta rígida en el borde.

Voy junto a ella y jalo una cobija arrugada sobre la que se ha sentado. Está a punto de caer al suelo y va a protestar, pero corto de raíz la objeción al tiempo que extiendo la tela en el suelo.

—No te importará sacrificar una cobija, digo yo.

—De sobra sabes que me podrías haber dicho que me levantara —mascula con una sonrisa forzada.

—De sobra sabes que eso no habría tenido gracia.

Noto su mirada clavada en la piel mientras formo un fardo con unas cuantas prendas para usarlas como almohada. Trato de hacer caso omiso de su expresión. Pese al llanto, se las ha arreglado para ser luminosa, como si cada lágrima fuera una gota de sol.

—Te dejaste un poco.

Alzo la vista al oír su voz y arqueo las cejas.

—De carbón —me aclara—. Te queda un poco en el codo.

—Pues no te me acerques. —Frunzo el ceño—. No hace falta que me vuelvas a estornudar encima.

Sonríe y agarra el trapo húmedo del mostrador, frente a la cama.

—Ay, vamos, no seas tonto.

Me toma del brazo y me jala hacia ella. Y, de mala gana, lo consiento.

Titubea un instante antes de pasarme el trapo por el brazo. Noto la tela basta contra la piel, aunque no me sorprende que su contacto sea suave.

—No soy tan frágil —digo.

—Ya lo sé —responde amable—. Hay una gran diferencia entre la fragilidad y la delicadeza.

No es una afirmación con el tono alegre y bullicioso de siempre. Son palabras bien elegidas, tan perceptivas como ella.

—¿Te parezco delicado?

Inclina la cabeza en gesto interrogador.

—¿No quieres que te traten con cuidado?

Me deja sin habla.

Cuando suelta el trapo sucio, carraspeo y me aclaro la garganta, el primer sonido que dejo escapar en un largo rato. Veo cómo se acurruca en el colchón y se entierra en las cobijas.

Entonces, voy hacia la puerta y me meto algunos puñales en el cinturón del pantalón.

Oigo su voz cargada de preocupación.

—¿A dónde vas?

Abro la puerta.

—A buscarlos.

CAPÍTULO 6

Adena

Me despierto con el olor de los bollos de miel.

Igual que todas las mañanas desde que Mak fue en busca de los hombres que me habían hecho pedir refugio en su casa. No sé qué pasó después, y empiezo a pensar que nunca lo sabré.

Esa noche todavía me persigue, igual que la expresión en el rostro de Mak cuando salió tras aquel grupo de bestias. Las cosas que me dijeron, el sonido de sus pasos detrás de mí… Espero no volver a tener tanto miedo en mi vida.

Abro los ojos justo a tiempo de ver cómo me suelta el plato sobre el vientre, un plato lleno de panecillos empapados en miel que brillan a la escasa luz. Me incorporo en la cama y me desperezo con el habitual bostezo sonriente.

—Tercer día seguido de desayuno en la cama. Me tienes consentida.

—Mucho —lo dice en tono seco, como casi todo lo que hace—. Nuevo día, nuevas exigencias.

Señalo con un ademán el bollo de miel que puse en la mesa de trabajo para él.

—Por lo menos, esta exigencia nos beneficia a los dos.

—A mí, en el aspecto económico, para nada —gruñe—. Me estás saliendo muy cara.

Salgo del capullo protector de cobijas y me pongo de pie con un quejido. El suéter azul que me cuelga sobre los hombros me envuelve con calidez y, aunque me fastidie, con su olor. Mak huele a algo parecido al fuego. No exactamente a humo, sino a algo igual de imperioso, dominante. Como un arma hecha carne, correoso y letal.

Me obligó a ponerme el suéter hace dos noches, después de comparar el castañeteo de mis dientes con el ritmo incesante del martillo contra el acero, o algo igual de dramático.

Da lo mismo. Hundo la barbilla en el tejido usado. El cuello deshilachado me resulta reconfortante. O puede que sea algo más simbólico lo que me sosiega. Puede que sea él.

Y es extraño, porque es la persona más desasosegante que he conocido. Pero estos últimos días me he sentido más en paz que nunca con él a mi lado.

Yo hablo. Él escucha. No sé cómo, consigue mantener a raya la preocupación que siento por Pae.

También es cierto que nunca estoy segura de si me escucha o no. La gente suele pensar que hablar me resulta muy fácil, pero todo depende de quién me escuche. Y no, nunca sé a ciencia cierta si me está escuchando, pero no me cuesta el menor esfuerzo decirle lo que se me pasa por la cabeza.

—¿En qué estás trabajando?

Echo un vistazo por encima de su hombro para ver los restos de metal sobre la mesa. Me lanza una de sus miradas habituales, de esas que aúnan todo lo que hay de seco en él.

—En nada que tenga que ver con eso en lo que en teoría estás trabajando tú.

—¡Anda, dime! —Doy otro mordisco al bollo de miel antes de pasar por detrás de él—. Tu uniforme me está quedando perfecto. —Abre la boca, con lo que se le dilata la cicatriz de los labios—. Estará a tiempo para cuando vayamos al castillo de visita —me apresuro a añadir.

Se mete los dedos entre el pelo, con lo que le veo el mechón plateado que siempre me recuerda la ausencia de Pae.

—Entonces, lo tendrás listo en tres días, ¿no?

—Sí, sí —le aseguro con entusiasmo—. Qué poca fe tienes en mí, Mak.

—Con motivo —replica—. ¿Quieres que te recuerde las lágrimas que derramaste anoche por un botón?

—Los botones son mi maldición —me limito a contestar—. Era la única reacción apropiada.

—Desde luego. —Su sarcasmo ni me afecta, y vuelvo a señalar con ademán lo que tiene entre manos. Deja escapar un suspiro y, de mala gana, me lo enseña—. Estoy haciendo diseños diferentes de puñales. Este... —agarra de la mesa una hoja fina—. Se abre y pasa a tener dos hojas.

Me hace una demostración: mete el dedo en el círculo de metal de la parte superior y luego lo hace girar. Y sí, se oye un clic y aparece otra hoja en el extremo opuesto.

—¿Y este?

Señalo otro cuchillo de apariencia inofensiva que hay sobre la mesa. Me aparta la mano y me lanza una mirada.

—No se te permite acercar ninguna parte de tu persona a las armas.

Trato de disimular una sonrisa y le hago una señal para que siga hablando.

—Estos cuatro se combinan para formar un arma única.

Empieza a ensamblar las hojas y engancha los puños hasta hacer una especie de estrella mortífera. Se me para el corazón por un instante y no puedo contener una exclamación cuando lanza el artilugio contra la pared. El acero se incrusta entre los ladrillos, muy hondo.

Parpadeo, asombrada, al tiempo que el pulso recupera su ritmo.

—Es... magnífico.

Deja escapar una risita.

—Creía que no te gustaban estas cosas.

Me cruzo de brazos.

—Prefiero el amor, pero no por eso dejo de apreciar a los luchadores.

Se dirige hacia la pared y arranca el arma con un gruñido.

—Bien dicho. Pero te tengo que convertir en luchadora.

Suelto un bufido.

—Pae ya lo ha intentado. Antes me suplicaba que llevara un cuchillo, pero...

Me interrumpo ante la repentina falta de distancia entre nosotros. Las zancadas largas lo han traído junto a mí y tengo su cuerpo tan próximo que me invade el olor a cuero de sus ropas.

Abro la boca para decir algo que me calme los nervios, como suelo hacer, pero la voz que se oye es la suya.

—A ver —dice despacio, en tono grave—, ¿qué harías si te apuntara al vientre con esta hoja?

Dejo escapar una risita.

—Bueno, como sé que no lo harías no me he parado a pensar...

Me roza las costillas con el cuchillo.

Se inclina hacia adelante y me susurra al oído de una manera que me hace sonrojar.

—Tienes una opinión demasiado buena de mí.

Trago saliva.

—Esto es absurdo. Nunca me voy a ver en una situación en la que...

—Mientras vivas en los barrios bajos, te verás en esta situación, no te quepa duda. —Me mira de arriba abajo—. Vamos, dime qué harías.

Me doy un golpecito en los labios con el dedo.

—Bueno, primero trataría de razonar con quien fuera, claro. Con toda cortesía.

—Por la plaga. —Se pellizca el puente de la nariz y sacude la cabeza—. Eres un caso perdido.

Suelta el cuchillo y, por fin, puedo llenarme de nuevo los pulmones. Alza las manos delante de mí. Arqueo las cejas sin saber qué pretende.

—Vamos, enséñame cómo das puñetazos.

—¿Quieres que te dé puñetazos en las manos? Eso tiene que doler.

—No te pasará nada. —Suspira.

—Quiero decir a ti.

Está a punto de sonreírme.

—Sobreviviré.

Me yergo en toda mi altura y aprieto los puños. Le doy en la mano con los nudillos y sonrío de oreja a oreja.

—Ya está. ¿Qué tal?

—Tan mal como me esperaba —responde sin más. Me sobresalto cuando me pone las manos en las caderas y noto su contacto firme—. A ver. —Me hace girar el cuerpo sin esfuerzo—. Este movimiento es el que tienes que hacer cuando lances un puñetazo.

Casi me echo a reír. En ese momento lo único que noto es la sensación de sus manos sobre mi cuerpo. Ni siquiera me doy cuenta de que sigue hablando hasta que mueve una mano para ponérmela en la parte baja de la espalda.

—… y giras para poner en el brazo todo tu peso. El golpe parte de los músculos del torso. Golpeas con el cuerpo entero, no solo con el brazo.

Se coloca detrás de mí y noto el roce de los dedos por la cintura. Casi no puedo contener un escalofrío ante una sensación tan ajena. Acerca la cabeza a la mía y me habla casi al oído.

—Prueba de nuevo. Yo te guío.

Trago saliva para calmar el orgullo herido y, sobre todo, los nervios. Cuando proyecto el brazo hacia adelante, me hace pivotar las caderas al ritmo del movimiento. Noto el calor de su cuerpo contra la espalda y, de pronto, tengo la respiración más acelerada de lo que debería tras un solo puñetazo.

—¿Lo notas? —susurra.

¿Está sintiendo que se me aceleró el corazón? No estoy acostumbrada a que me toque, no así. Esto es una intimidad que hasta ahora solo he soñado, de esa intimidad con la que fantaseas antes de dormir.

Pero lo tengo aquí, respirando contra mi cuello, con las manos encallecidas sobre mis caderas. He de memorizar este momento, he de analizar los sentimientos que despierta en mí. Sentimientos hacia alguien que es tan insufrible. Alguien que es lo opuesto a mí.

Carraspeo para aclararme la garganta.

Esto es ridículo. Solo hace unos días que conozco a este hombre, es absurdo que cada movimiento que hace me afecte tanto. Es terrible tener sentimientos tan profundos, aventurarse tanto a pensar que alguien se merece mi cariño.

Mi madre siempre me decía que era demasiado precipitada. Soy tan impaciente que no puedo enamorarme poco a poco: voy de cabeza, pierdo el equilibrio, me lanzo de boca hacia un fracaso inevitable.

—Otra vez, Dena.

Creo que se me ha olvidado respirar.

«Dena».

Su habitual indiferencia se tambalea cuando giro el rostro hacia él. Sé que se dio cuenta porque abre mucho los ojos castaños, tanto como yo los míos, y noto cómo se le tensa el cuerpo.

Hasta ahora, solo Pae me había llamado de otra manera que no fuera mi nombre completo.

Y el nombre se siente como una caricia, me para el corazón como si él lo tuviera en el puño. Una calidez me invade el cuerpo ante el sonido, ante lo que implica la palabra. Porque nació de la familiaridad.

Los apodos surgen cuando se ha dado un paso más allá de una relación superficial. Pero no sé bien en qué punto nos encontramos. O puede que sea idiota y esté viendo lo que no hay…

De pronto noto que me hace dar la vuelta con las manos firmes que me tienen agarrada por la cintura. Choco de espaldas contra la mesa de madera, quedo atrapada entre el mueble y la intensidad de Mak.

Me mira de esa extraña manera, con la cabeza inclinada hacia un lado y un gesto en los labios.

—Estabas soñando despierta. Espero que fuera con tu técnica de combate.

Alzo la vista hacia él. No puedo quitarle los ojos de la cicatriz que tiene en los labios.

—Claro, ¿con qué si no? —Sonrío. Las palabras me salen entrecortadas.

—Tú me dirás. —Se inclina hacia adelante y pone las manos en la mesa, una a cada lado de mi cuerpo. Siento el roce de sus brazos en los costados y me avergüenzo de mi falta de autocontrol—. Estás más nerviosa que de costumbre. Mentiría si dijera que no me encanta.

Carraspeo para aclararme la garganta y consigo sonreír como si de pronto no lo viera como algo más que un socio a la fuerza.

—Será que me muero de emoción ante este entrenamiento tan divertido al que me obligas.

Parpadea y sacude la cabeza con incredulidad.

—Muy bien. Lo siguiente será enseñarte a mentir, que buena falta te hace. —Asiento, y de pronto vuelve a agarrarme por las caderas, lo que me estremece de la cabeza a los pies—. Vamos, ataca de nuevo hasta que me convenzas de que podrías acertarme.

Lanzo un puñetazo. Me clava los dedos en las caderas.

Lanzo un puñetazo. Me pone la mano en la base de la espalda.

Lanzo un puñetazo. Parece a punto de sonreír.

Y así comienza mi viaje predestinado hacia Mak.

CAPÍTULO 7
Makoto

—Deja de reírte, no tiene gracia.

Se vuelve a reír de esa manera que tiene que hace imposible que alguien se enoje con ella, ni siquiera yo. Pero, cuando la punta de la aguja me vuelve a pinchar el dedo, tiro a un lado la tela con un bufido.

—Vamos, no te rindas. —Su gesto de decepción casi me hace pensármelo dos veces—. ¡Mira todo lo que has conseguido ya!

—¿Doce puntadas torcidas, quieres decir? —Agarro el retal de tela y lo examino—. Sí, salta a la vista que soy un prodigio.

Aprieta los labios para disimular una sonrisa exasperante. Que se ha vuelto menos exasperante en los últimos días, pero prefiero no pensar en eso por ahora.

—Es pura justicia. Ayer me hiciste practicar con lo tuyo, así que te toca practicar con lo mío —dice mien-

tras sigue cosiendo la costura del pantalón con facilidad—. Horas me hiciste entrenar, horas.

—No seas exagerada. —Dejo escapar un suspiro—. Además, «lo mío» te servirá para defenderte.

Adena me señala con la aguja.

—Aún no me has visto esgrimir esto.

Recorro con los ojos los recortes de tela que hay junto al uniforme que está confeccionando.

—¿No es lo que estás haciendo ahora mismo?

Se lo piensa un momento.

—La verdad, sí.

—Me mostraré debidamente impresionado cuando me tengas vestido de imperial, dentro de dos días.

—Ya, ya —bufa—. Solo faltan dos días para nuestra excursión al castillo.

Niego con la cabeza.

—No va a ser una excursión.

—¡Tengo unas ganas de ver a Pae…! —Le sale la voz aguda, encantada de no hacerme caso—. Solo me queda ponerle al uniforme un acolchado como el que llevan los imperiales. Ah, y tengo que cortar el cuero para hacerte la máscara.

—Genial. —Respiro hondo, aliviado—. Recuerdas el plan, ¿no? —Asiente, pero sigo pensando que es mejor que se lo recuerde—. Saldremos de aquí a última hora de la tarde y así nos dará tiempo a llegar a la Arena. Una vez allí…

—Subiremos a escondidas por el camino que lleva al ala este del castillo y atravesaremos las paredes sin que nos vean los guardias. —Me sonríe toda orgullosa—. Ya te dije que lo recordaba.

—Increíble, impresionante —replico con tono seco—. Iremos siempre juntos y, cuando haga falta, atravesaremos los muros…

—Un momento, ¿y qué voy a llevar yo a la excursión?

Me pellizco el puente de la nariz. Noto que me empieza a doler la cabeza.

—No será una excursión.

—¡Me puedo disfrazar de doncella! —Se da golpecitos en los labios, pensativa—. Aunque la verdad es que no sé cómo visten…

—Ponte un delantal y ya está —digo con desdén—. Total, va a estar oscuro. Lo más probable es que nadie se fije en ti.

—Perfecto. —Señala con un ademán la tela de mierda en la que me está obligando a trabajar—. Anda, sigue. Tienes que practicar esas puntadas.

—No lo dirás en serio.

Se echa a reír.

—Porque no viste mis puntadas cuando mi mamá me estaba enseñando. Era un desastre.

La voz se le llena de emoción al mencionar una vida de la que no sé nada.

—Nunca hablas de ella —digo en voz baja—. Nunca hablas de nadie que no sea Pae.

Se encoge de hombros como si el pasado que la ha traído hasta aquí careciera de importancia.

—No hay gran cosa que decir. Además… —Alza la vista y me mira con esos enormes ojos color avellana—. Tú nunca hablas de Hera.

—No hay gran cosa que decir —contraataco.

—Qué raro. —Finge desinterés, pero su mirada penetrante lo desmiente—. Pensaba que era muy importante para ti. Como te estás tomando tantas molestias con tal de verla por última vez…

«Claro. Se supone que voy a verla una última vez. No a intentar cometer traición».

Suelto un bufido de exasperación.

—Tu curiosidad me resulta agotadora.

—Ya que lo mencionas… —habla con entusiasmo pese al ceño fruncido—. La verdad es que no sé nada de ti. Aparte de tus medidas, que, por cierto, he memorizado.

—Espero que comprendas que eso me resulta perturbador.

Parece algo molesta por la falta de información.

—Bueno, si no quieres hablarme de Hera, dime algo.

—Te lo acabo de decir. —Una pausa—. Tu curiosidad me resulta agotadora.

Pone los ojos en blanco, pero insiste sin rendirse.

—¿Qué hay de tu familia?

Casi me echo a reír.

—Una gente de lo más amable. Te encantarían.

Me parece que no capta el sarcasmo con el que he cargado cada sílaba.

—¡Qué bien! Me encantaría conocerlos algún día. —Se sonroja de repente—. O sea, si después de esto nos seguimos viendo, claro —se apresura a añadir.

Y entonces lo siento: un aguijonazo de culpa. Culpa ante la sola idea de marcharme y dejarla, de darle esperanzas sobre algo que está condenado al fracaso. Pero sé que estoy sintiendo algo por Adena y tengo que bloquearlo. La única debilidad que me he permitido hasta ahora ha sido preocuparme por Hera, pero con esta chica es más, y eso resulta peligroso.

La tragedia me sigue allí donde voy y no quiero arrastrarla conmigo. Adena se merece un destino de cuento de hadas, una vida a la altura de su luz. Así que debería alejarme todo lo posible de ella.

Debería.

—Cuando todo esto acabe, no deberíamos volver a vernos.

Alza la vista bruscamente de las puntadas que está dando en la pernera del pantalón.

—¿P-por qué?

Me encojo de hombros con una indiferencia que quiero fingir.

—Porque igual se te pega mi antipatía.

Alza la barbilla y me dedica esa sonrisa luminosa que tiene.

—Me parece que tienes miedo de que yo te haga más agradable.

Frunzo el ceño.

—Sería un problema. Tengo una reputación.

Vuelve a concentrarse en el uniforme que tiene sobre el regazo.

—¿Cómo aprendiste a pelear?

Se me hace un nudo en la garganta y he de tragar saliva antes de responder.

—Soy autodidacta.

Es persistente y me presiona para que me explique mejor.

—¿Por qué? ¿Porque querías saber manejar las armas que fabricabas?

«Porque tenía miedo».

—Mi padre era herrero. —Trato de mantener una voz inexpresiva—. Todo lo que sé lo aprendí mirándolo. Incluido lo de pelear. —No le doy tiempo a plantearme más preguntas—. Vamos, demuéstrame que se te quedó todo mi trabajo duro de ayer.

—¿Tu trabajo duro? —Se pone de pie con un gemido—. La que tuvo que dar puñetazos al aire fui yo.

—Sí, y me causó un gran dolor solo de verlo.

Le pongo una mano en la espalda para seguir el movimiento de sus caderas con cada paso. Trato de no dejar que eso me distraiga mientras la guío hacia la pared acolchada que antes estaba tapada por una estantería abarrotada de armas. Le señalo la superficie polvorienta que preparé hace ya años.

—Se acabó lo de dar puñetazos al aire.

—Ah, qué bien —dice sin el menor entusiasmo—. Ahora tengo que golpear algo que me va a doler de verdad.

—Le he dado muchos puñetazos a esto. Tranquila, no te los va a devolver.

Asumo la postura habitual detrás de ella mientras lanza golpes contra la colchoneta; golpes mucho menos fuertes de lo que le he enseñado.

—Vamos, Dena, que no le vas a hacer daño.

Lo volví a hacer. Volví a aproximarme.

El nombre se me escapó por segunda vez, y de nuevo me arrepiento. Me arrepiento de permitir que se cree esta familiaridad entre nosotros.

Carraspea para aclararse la garganta y lanza otro puñetazo. Le giro las caderas al ritmo del movimiento, sin dejar de notar su cuerpo bajo la palma de la mano.

Los mechones rizados me azotan el rostro con su habitual olor a miel, pero no me atrevo a quejarme, no quiero que se aparte.

—Me gustaría saber qué se va a poner Pae para el baile. —Suspira Adena, y baja la velocidad de los golpes—. Más vale que no le hagan un vestido con el que se vea apagada, con ese pelo plateado que tiene. Y se niega a llevar nada con holanes ni...

—Concéntrate, Adena.

Me costó un esfuerzo que no se me escapara el diminutivo.

—Ya le cuesta trabajo ponerse algo que no sea el chaleco que le hice —sigue como si no le hubiera dicho nada.

Dejo escapar un suspiro, desesperado por cambiar de tema.

—¿Pae es la única familia que tienes o solo es tu único tema de conversación?

Voltea a verme, algo molesta.

—Solo tenía a mi mamá, y se murió.

Se me tensa un poco la mano que tengo sobre su cadera. Noto que lanza otro puñetazo, esta vez mucho más fuerte.

—Vaya... —Las cuestiones de sentimientos nunca me han resultado sencillas—. Lo lamento. No lo sabía.

Se encoge de hombros y la mano se me mueve en dirección al movimiento. Noto el respingo y estoy a punto de sonreír, pero recupero la compostura y le paso la palma de la mano por el hombro rígido. Siento cómo se estremece entera.

—No pasa nada —dice con voz temblorosa—. Estaba enferma. Los curanderos no pudieron sanarla.

—¿Y desde entonces has estado viviendo en las calles? —pregunto en voz baja.

—Llevo ya cinco años. —Asiente con gesto evocador—. Llevo cinco años en el Fuerte, con Pae. —Entonces, se da la vuelta de repente y me azota la cara con los rizos—. ¡Oye, aún no te he enseñado el Fuerte! Me prometiste que pasarías allí una noche.

Le aparto el dedo que me ha clavado en la cara.

—¿En serio? No lo recuerdo.

Se cruza de brazos.

—No me mientas, Mak… —Me mira de arriba abajo con gesto desafiante—. No te puedo regañar si no sé tu nombre completo.

—Mejor. —Le aparto un mechón de los ojos para que me vea con claridad cuando se lo digo—. Sigamos así.

Se le escapa algo que se parece mucho a un gruñido de frustración.

—¿Es que no puedo saber nada de ti?

—Claro que sí. —Señalo con un ademán el uniforme extendido sobre el suelo—. Mis medidas.

Cierra los ojos muy despacio, con lo que las largas pestañas le aletean sobre las mejillas. Me resulta cómico ver la frustración reflejada en sus rasgos, pero es una expresión que se borra enseguida y la sustituye una sonrisa muy de Adena.

—De acuerdo. —Esta vez la sonrisa tiene un punto de agresiva—. Pues tú tampoco vas a saber nada de mí.

Asiento para que los mechones de pelo me caigan sobre la cara y oculten la sonrisa que no puedo disimular.

«Si ya sé demasiado».

CAPÍTULO 8

Adena

—¿Ya puedo abrir los ojos? ¿Estás visible?

Se oye el susurro de la tela seguido por una respuesta seca.

—Estoy vestido, si te refieres a eso.

Abro un ojo y lo primero que veo son los níveos pantalones blancos que le rodean las caderas…

Aprieto los labios.

Aún tiene las caderas a la vista.

Está de pie ante mí, con medio uniforme puesto, lo que deja el pecho desnudo expuesto a mis ojos muy abiertos. Le veo las cicatrices que le salpican la piel, pero al final consigo apartar la vista. Hace unos días, verle el pecho habría sido menos intrigante, pero ahora…

Ahora, todo lo que tenga que ver con él me cautiva.

—¿Qué pasa? —me pregunta con una mirada inquisitiva—. No seré el único hombre al que has visto sin camisa.

—¿Eh? —Noto que me arden las mejillas—. Claro.

Se para en seco y entorna los ojos.

—No lo soy, ¿verdad?

—No, no —farfullo a la defensiva—. En Saqueo los hombres van sin camisa todo el tiempo.

—Eso. —Asiente muy despacio—. ¿Y siempre los miras así?

No creía que pudiera ponerme más roja.

—Da igual. Vamos, deprisa, que tengo cosas que hacer —digo a toda prisa antes de darme la vuelta para darme de cachetadas sin que me vea.

—¿En serio? —Se está burlando de mí—. ¿A dónde tienes que ir, aparte de al palacio, esta noche?

—Tengo un negocio, por si se te ha olvidado —señalo con satisfacción.

—Ah, sí. —Giro la cabeza justo a tiempo para ver cómo se pone la parte de arriba del uniforme sobre las ondas revueltas que le enmarcan la cara—. Tienes que vender ropa. Hoy en día hasta en los barrios bajos se puede uno morir de hambre bien vestido.

Le lanzo una mirada nueva que he diseñado, mezcla de indiferencia y burla ligera.

—Bueno, si lo pones así…

Suelta un bufido y levanta los brazos para examinar mi obra.

—¿Parezco auténtico? Al menos si no hay mucha luz.

Me adelanto hacia esa figura vestida de blanco y examino cada costura, cada paño. Al final, junto las manos con un gritito de alegría.

—¡Te queda perfecto! Pareces más amenazador que de costumbre.

Casi casi está a punto de sonreír.

—Ya era hora de que me dedicaras un cumplido.

—Espera, falta una cosa.

Agarro la máscara de cuero que hay sobre la mesa polvorienta. Me acerco tanto que huelo el almidón que puse en el uniforme (para hacerlo más auténtico, claro) y alzo la vista hacia los ojos oscuros que están clavados en mí.

Levanto las manos para ponerle la máscara sobre los ojos y la nariz, muy consciente de que estamos compartiendo el mismo aire. Noto la mirada que me recorre el rostro y eso hace que me suden las palmas de las manos, pero no dejo de admirar sus rasgos, le sigo la curva de los pómulos bajo la máscara, la nariz recta en el centro. Cuando se me van los ojos hacia la cicatriz que le decora los labios tengo que contenerme para no acariciarla con el dedo.

—¿Sigo pareciendo amenazador? —murmura con el rostro suspendido sobre el mío.

—Más que nunca —le aseguro con la respiración entrecortada.

Nos miramos, estremecidos, hasta que por fin se aclara la garganta.

—¿No tenías que ir a no sé dónde? ¿A vender una camisa azul o algo?

La mención de la prenda que criticó de manera tan despiadada me da fuerzas para apartarme de él.

—Ah, sí, sí. Y, si no la vendo, me la pondré para nuestra excursión.

Sacude la cabeza en gesto de incredulidad y se cruza de brazos.

—Por tu aspecto nadie diría que eres tan manipuladora.

Levanto la barbilla.

—¿Qué aspecto tengo?

—Dulce. Sencilla. Y tan bonita como para que te quede bien esa espantosa camisa azul.

Tengo la boca seca, pero trato de tragar saliva. Me está mirando como yo miro mis labores de costura. La admiración le ilumina los ojos pese a que está buscando algún defecto en el que concentrarse. Es como si se muriera por dar con un motivo que desgarrara lo que se ha ido cosiendo entre nosotros.

—Entonces, me la pondré —lo tranquilizo.

Forcejeo para abrir la puerta, cosa que suele sucederme cuando sé que me está mirando, y salgo corriendo hacia el callejón.

El sol me acaricia el rostro y me caldea la nariz mientras corro por Saqueo. Llego al Fuerte, que por suerte sigue como lo había dejado, probablemente porque, para quien no lo conozca, parece un montón de basura. Me acuerdo de que decidí redecorarlo para Pae antes de que vuelva, y lo añado a la lista de tareas pendientes.

Levanto una de las muchas alfombras y doy con las ropas escondidas debajo, las del fardo que lancé al callejón tras el intento de robo. Después de conocer a Mak, volví aquí para recogerlo todo y esconder hasta el último retal entre las muchas capas que componen el Fuerte.

Ya con el fardo de prendas en las manos, me dirijo hacia la esquina que he tenido olvidada desde hace casi dos semanas. Después de esta noche, ya no seguiré teniendo comida gratis ni el calor de sus cobijas…, pese a que me habría gustado. Pero Mak ha dejado muy claro que, cuando termine la misión, no deberíamos volver a vernos. Aunque aún no sé por qué.

Me hace feliz, sin saber el motivo me hace feliz. No es que Mak sea precisamente un rayo de sol. Es más bien la luz de la luna, misterioso e inquietante, pero hermoso, con una dulzura que me atrae.

Pensar en Mak me consume toda la racionalidad que me queda, pero corro por la calle bulliciosa y casi llego a mi esquina sin que se me caiga ni una sola prenda. Espero que se convierta en hábito. Con ese objetivo en mente, abrazo con más fuerza el fardo de tejidos y sigo caminando apresurada hacia la entrada de mi callejón habitual.

Muchos comerciantes tienen una carreta que utilizan como puesto de venta. Mi sistema es diferente.

Hace ya años que Pae y yo tendimos un alambre de un extremo al otro del callejón, y me sorprende ver que los clavos oxidados aún aguantan. Con las ropas aún entre los brazos, empiezo a colgarlas del alambre para exponer mi obra. Es una especie de estandarte de colores que llama mucho la atención.

Una vez que tengo todas las prendas en su lugar, me siento debajo y trato de no morderme las uñas de puro aburrimiento. Prefiero invertir mejor el tiempo, así que me pongo a jugar con los retales de cuero que me sobraron del uniforme de Mak.

Paso el pulgar por el tejido suave y recuerdo su colección de cuchillos. No tiene cómo llevarlos sin pincharse con tantas hojas.

Entonces, se me ocurre una idea, y la cabeza se me llena de patrones y medidas que me dan vueltas tras los párpados para alinearse en un diseño tangible. Empiezo a doblar el cuerpo y formar las esquinas, y la idea se va haciendo realidad.

El estómago me ruge para recordarme que tengo muy poco dinero, así que sonrío a todos los que pasan, como si con eso bastara para animarlos a comprarme algo.

Y, justo cuando pienso que lo único que consigo es espantar a los clientes, un hombre viene hacia mí.

Me levanto, cuelgo el proyecto del alambre y lo recibo con lo que espero que sea una sonrisa menos desesperada. A medida que se acerca, los rasgos borrosos se van haciendo más precisos con cada paso.

Lo conozco. Es una de las caras que sigo viendo cuando cierro los ojos al acostarme.

Es uno de los hombres que me siguieron.

—Hola, bonita —canturrea mientras se me acerca—. De día eres aún más guapa.

Miro nerviosa en todas direcciones, a la gente que pasa. Trato de fingir seguridad y de mantener las cosas a un nivel educado, profesional, a pesar de lo incómoda que me siento.

—Buenos días, señor. —La sonrisa burlona con la que me responde me pone los nervios de punta—. ¿Busca algo en particular? ¿Está comprando para una señora? Porque tengo una preciosa blusa azul que…

—Quiero vértela a ti —me interrumpe con la voz rasposa, con fuego en los ojos azules—. Bueno, quiero ver cuando te la quitas.

Doy un paso atrás y de pronto noto la pared sucia contra la espalda. Me tiembla la voz, pero me obligo a hablar.

—Es mejor que se vaya ahora mismo.

Cuando se echa hacia atrás el pelo castaño grasiento me fijo en que tiene un ojo amoratado. Se le acentúa la sonrisa enloquecida.

—Ah, no, bonita, no te voy a perder de vista otra vez.

Las palabras se me escapan de los labios entreabiertos.

—No, por favor, voy a…

—¿No me ocupé bien de ti la primera vez?

La voz seca me corta la frase y llega cargada de desafío. Alzo los ojos hacia la figura imperiosa que se alza detrás del hombre.

Mak tiene los brazos cruzados y parece relajado, casi aburrido. Tiene casi todo el pelo negro recogido con un listón, aunque algunos mechones le caen sobre la cara y se le agitan con la brisa suave. Los cabellos plateados son para mí un guiño de familiaridad y consuelo.

Solo con verlo se me llenan los ojos de lágrimas.

El hombre se gira por completo y abre mucho los ojos.

—Mierda.

No sé muy bien qué pasa porque parpadeo en el momento más inoportuno, pero de pronto el hombre tiene la cara pegada a la pared sucia, justo detrás de mí, mientras que Mak lo ha agarrado por el cogote.

—Sí que eres estúpido. Te cuesta aprender —dice con voz cortante—. Pensaba que un ojo morado te habría bastado para entender mi punto de vista, pero por lo visto van a tener que ser los dos.

—¡N-no la había reconocido, lo juro! —La voz del hombre suena amortiguada contra el ladrillo.

Mak se inclina hacia adelante.

—Los dos sabemos que es mentira —susurra.

Agarra al hombre por el cuello de la camisa y hace que se da la vuelta, con lo que queda de espaldas contra la pared. Empieza a decir algo, así que Mak tiene que alzar la voz para hacerse oír.

—Es tu turno para lucirte, Dena.

—¿Q-qué? —casi grito desde detrás de él.

—Es un buen ejercicio para practicar —lo dice con toda tranquilidad, como si yo entendiera de lo que habla—. Te habría dejado pegarme a mí si hubiera llegado el momento, pero esta opción es mucho más interesante.

—¿Quieres… que le dé… un puñetazo? —Sacudo la cabeza en gesto negativo—. No, no, gracias. Sigue tú.

—Dena.

—En serio, lo dejo en tus manos —le aseguro con una sonrisa nada convincente—. Es más tu estilo.

Se permite escapar un suspiro y me agarra por un brazo para atraerme hacia él contra mi voluntad.

—Vamos. Es parte de tu entrenamiento.

Me cuadra los hombros y me coloca bien para asestar el golpe.

—Mak, es que…

—Piensa en lo que intentaron hacerte este y sus amigos. —Su voz en un susurro—. Piensa en lo que seguirá intentando con otras mujeres en los barrios bajos.

Respiro hondo y asimilo las palabras, pero lo que hace que mi puño salga disparado hacia el rostro del hombre es lo que dice a continuación.

—Piensa en lo que intentaría hacerle a Pae.

El hombre grita, escupe sangre de la boca. El latigazo de dolor me recorre el brazo y es como si hubiera metido los nudillos en el suelo. Yo también suelto un grito, pero contenido.

—¡Por la plaga!

Arquea las cejas al oír la moderada exclamación.

—Vamos, dime cómo te sientes, pero de verdad.

Me agarro la mano y miro a mi alrededor antes de decir en voz baja lo que no dije antes.

—¡Mierda! ¡Esto… duele mucho!

Sonrío con timidez a pesar del dolor, orgullosa de la palabrota. Y cuando Mak esboza una brevísima sonrisa sé que él siente lo mismo.

—No estuvo mal. Igual aprendiste algo y todo. — Luego, se gira hacia el hombre acobardado, pegado a la pared—. No quiero volver a verte.

No tarda ni un segundo en perderse de vista calle abajo, abriéndose paso a empujones. Sacudo la mano dolorida y observo cómo Mak lo sigue con la vista hasta que desaparece entre la gente.

—G-gracias —susurro, y apoyo la cara contra su pecho.

Titubea un momento antes de rodearme con los brazos, pero yo no dudo y hago lo mismo. Cuando por fin lo suelto tras abrazarlo con toda mi alma, carraspeo para que me preste atención.

—¿Qué hiciste aquella noche cuando saliste a buscarlos?

Se aparta el pelo de la cara.

—Los encontré.

—¿Y después? —insisto.

Me mira, inexpresivo.

—Pensé que me había asegurado de que no volverían a acercarse a ti. Es obvio que fracasé.

Parpadeo tal vez una docena de veces antes de recuperar la voz.

—¿Por qué supiste que era mentira que no me había reconocido? O sea, aquella noche todo estaba muy oscuro y…

—Era mentira, Adena —me interrumpe—. Créeme. —Abro la boca para hacer más preguntas, pero de pronto se aleja unos pasos—. ¿Se te antoja un bollo de miel para celebrar tu primera pelea?

Le doy un manotazo en el brazo.

—Que va a ser también la última. —Me lo pienso una fracción de segundo—. Pero nunca digo que no a un bollo de miel.

Casi sonríe.

—Lo sé muy bien.

Lo veo alejarse por la calle y luego me dejo caer contra la pared. Aún tengo el corazón acelerado en el pecho. Cierro los ojos como si eso bastara para sosegarme.

Un golpecito firme en el hombro me interrumpe.

Al abrir los ojos, me encuentro ante un imperial que huele a almidón y me mira con indiferencia. Me sobresalto y retrocedo contra la pared. El hombre, imperturbable, se limita a recitar las instrucciones que le han dado.

—Vengo a escoltarte hasta el castillo.

El bollo de miel que robé me pasa por la cabeza y estoy segura de que me van a encerrar por ese crimen.

—Se te requiere como costurera para una contendiente en las Pruebas de la Purga.

—Pae —susurro antes de que siga, a pesar de verme boquiabierta.

—Sí, Paedyn Gray. —No parece nada satisfecho de que le hayan asignado esta manera de pasar la mañana—. Te está esperando en el carruaje.

CAPÍTULO 9

Adena

Parece como si se le fuera la vida en vigilar ese bollo de miel. Paso entre la gente y me abro camino a empujones hacia él. Ha cruzado los brazos en torno a la golosina para protegerla de los codos de la multitud.

—¡Mak! —El gentío apaga mi voz y tengo que gritar más—. ¡Mak!

Se gira hacia mí y agito las manos, salto todo lo que puedo para que me vea. Y me ve, y juraría que hasta sonríe.

Señala con un ademán hacia un callejón próximo. Me está indicando que lo siga. Corro en pos de él, entre la gente, hasta que llego libre a la entrada de la callejuela.

—¿Qué pasa? —Me examina con atención—. ¿Todo bien?

Sonrío de oreja a oreja y me sale la voz aguda de emoción.

—¡Mejor que bien! ¡Ha venido! ¡Vino a llevarme con ella!

—Calma, calma. —Se acerca a mí y me pone una mano en el hombro—. ¿Quién vino?

—¡Pae! —Me atropello al hablar—. Un imperial me dijo que me mandan al palacio para que sea su costurera para los bailes de las Pruebas. ¿No es genial? Le voy a coser vestidos y...

—¿Cuándo?

La voz seca hace que me pare en seco.

—Pues... ahora mismo. Pero le dije al imperial que antes tenía que despedirme, así que vine corriendo a buscarte, porque tengo que volver con él.

—Pero... —Tiene una voz alarmante, letal—. Esta noche es la misión. Tenemos un plan. Un plan que requiere que los dos nos colemos en el castillo.

Niego con la cabeza, con la esperanza de que una sonrisa arregle la situación.

—Ya tienes el uniforme, Mak. Puedes entrar en el castillo cuando...

—No, sin ti será mucho más arriesgado. Necesito tu poder a mi lado —murmura, casi para sus adentros.

Cambio de postura, nerviosa.

—Mira, oye, entiendo que te dé un poco de miedo ir solo. ¿Por qué no le escribes una nota a Hera y yo me encargo de que le...?

—¡No lo entiendes! —me grita, y se pasa una mano por el pelo revuelto—. ¡Tengo que ir en persona! Íbamos a hacerlo juntos para que estuvieras en mi radio de alcance, pero ahora no tengo ni idea de dónde vas a...

Sigue hablando de forma inconexa, dice cosas que no entiendo.

—Mak. —Sacude la cabeza cuando me oye decir su nombre—. No... No comprendo. ¿De qué hablas?

Extiendo la mano con la esperanza de pasársela de manera reconfortante por el brazo, pero se aparta para abrir espacio entre nosotros.

—¡Tengo que sacarla de ahí! ¡Del reino! Y si estás demasiado lejos en el castillo no voy a poder portar tu poder —masculla—. O, peor aún, me encontraré con el príncipe y se dará cuenta de lo que soy.

—¿Portar mi poder? —repito en voz baja.

—Sí, Adena, portar tu poder. —Tiene la voz entrecortada—. Eso es lo que hago. Es lo que soy. —Camina hacia mí y me obliga a retroceder hasta que choco de espaldas contra la pared—. Ahora será todavía más difícil salvarla.

La cabeza me da vueltas mientras trato de recordar toda la información que tengo sobre los élites. Es bien sabido que Kai Azer es el único portador del que se tiene noticia en todo Ilya. Hay quien dice que es porque nadie tiene o ha tenido un poder así, mientras que otros especulan que el rey ha matado a los otros para garantizar que su hijo sea el élite más poderoso del reino.

Pero creo que tengo a uno ante mí. Que llevo semanas al lado de uno.

La confusión me nubla la mente y trago saliva.

—No eres fase.

Suelta una risa forzada, amarga.

—No, dulzura. No soy fase. Y Hera va a morir en las Pruebas si no la saco de ahí.

Sacudo la cabeza para contener las lágrimas que me queman en los ojos.

—¿Sacarla de ahí? ¿Huir con ella? —Abre la boca para decir algo, pero ya estoy vomitando rabia—. ¡Me ibas a abandonar! ¡Ibas a marcharte del reino con Hera!
—Me atraganto—. Ibas a morir cuando te atraparan.

—Yo iba a morir de todos modos. Solo era cuestión de tiempo que alguien averiguara lo que soy. Y solo puede haber un portador en el reino.

Se me nublan los ojos con las lágrimas que me niego a derramar.

—Me has mentido. Me has utilizado.

Sacude la cabeza, quiere que lo comprenda.

—Hera es lo único que tengo…

—¡Me tenías a mí! —grito—. Me tenías a mí y te habría guardado el secreto. No tienes ni idea de lo que puedo llegar a hacer por la gente a la que quiero. Pero me mentiste. —Me doy la vuelta hacia la calle y avanzo entre tropiezos mientras me seco con rabia las lágrimas de las mejillas—. Al menos yo tuve valor para venir a despedirme.

Llego a la calle y lo oigo gritar mi nombre mientras desaparezco entre la gente.

CAPÍTULO 10

Makoto

La veo subir al carruaje y revivo el momento en que vi a Hera hacer lo mismo.

Cuando se cierra la puerta y dejo de verla, sé que estará sonriendo a su amiga como si no se acabara de secar las lágrimas. Unas lágrimas de las que tengo la culpa.

Más de una vez me había preguntado qué haría falta para quebrarla, para teñir de gris su felicidad y que fuera igual que todos. Ahora desearía no haberlo averiguado.

Porque yo lo provoqué.

Cuando el carruaje empieza a traquetear por el camino para llevársela lejos de mí, me doy la vuelta. Saqueo es un mar de mirones, todo sonrisas y saludos a la contendiente que ha venido de visita.

Me abro camino entre la gente, noto el peso de todas las habilidades que me rodean y que amenazan con

asfixiarme. Es la primera vez desde hace días que me permito reconocer la carga que supone, lo mucho que me ahoga todo ese poder.

Ojalá supiera Adena lo que daría por ser como ella, por ser todo eso acerca de lo que mentí. Porque ser portador me ha hecho débil. Me ha puesto en peligro, me ha condenado a la enfermedad.

Pero me había olvidado de todo eso mientras estábamos juntos. Cuando, a su lado, no era más que un fase. Y puede que ahora no vuelva a tener el privilegio de estar junto a ella.

Tendría que haber dejado que mi padre me hiciera lo que quería hacerme. Que terminara lo que empezó el día en que pasé a tener el corte en los labios. Me habría dolido menos que mentirle a Dena sobre el tema.

Pero lo que pasó fue que me tropecé con Hera, y ahora tengo que volver a hacerlo. Solo que, esta vez, seré yo quien la salve.

Me abro camino entre la gente sin dejar de pensar en el coche que viaja hacia el castillo, a donde yo iba a ir esta noche. Tengo que reformular un plan que ya era arriesgado porque no voy a contar con la ayuda del poder de Adena. Ya no puedo entrar sin ser visto. Solo me queda hacerme pasar por un imperial para poder acceder.

Pronto averiguaré si el uniforme de Adena es convincente o no.

De pronto me doy cuenta de que he llegado a la entrada de mi taller. Empujo la puerta con el hombro y la abro con el sonido familiar de las bisagras chirriantes. El lugar me parece gris, lóbrego sin su luz que lo llena todo. Lo único que me queda de ella son los restos de telas, la aguja y el hilo, el único rastro del tiempo que pasamos juntos.

Paseo por la habitación y examino cada superficie en la que dejó su huella. Una mancha de miel en una esquina de la mesa de trabajo, justo donde solía ponerse. La pared acolchada donde aún se ven las marcas de sus nudillos. Se me van los ojos a las sábanas arrugadas que la envolvieron, que aún conservan el olor de su piel.

Sacudo la cabeza, asombrado ante el absurdo de lo que estoy sintiendo. Dejé que se me fuera de las manos. No busqué estas emociones impredecibles. Ella tenía que ser el medio para conseguir un fin, el primer paso hacia una nueva vida lejos de Ilya y las amenazas que conlleva. Pensaba utilizarla para sacar a Hera de las Pruebas. Era la esperanza a la que me aferraba, porque no tenía otra cosa.

«¡Me tenías a mí!».

Su voz dolida me resuena en la cabeza y me obliga a revivir esas palabras de amargura. Pero no por eso es cierto. Porque nunca la podré tener, nunca podré almacenar su luz, atesorar sus sonrisas. No me la merezco…, y lo he sabido desde el día en que vi aquella maldita camisa azul.

Me dejo caer sentado en el borde de la cama y se me van los ojos hacia un retal tirado en el suelo. Me inclino para recogerlo y rozo con el pulgar las puntadas sueltas, desmañadas.

Es la tela con la que me hizo practicar.

Pero lo que casi me hace sonreír es lo que ella bordó con puntadas elegantes en la parte de arriba.

«¡Sigue practicando!».

Acaricio las letras una y otra vez. Me recuerdo que tengo una misión. La misión de salvar a Hera de las Pruebas y a mí mismo de este reino.

Lo que nunca pensé es que me fuera a resultar tan difícil marcharme.

Porque ahora está ella y todo lo que viene después.

Antes de ella nunca conocí la felicidad; y, si hay un luego en el que no está ella, sé que no volveré a conocerla.

Suelto la tela y me paso los dedos fríos por el rostro congestionado.

Tendría que haberle prestado atención. Tendría que haberme convertido en lo que quería mi padre. Porque, ahora, la vida de Hera está en mis manos, tantos años después de que la mía estuviera en las suyas.

Sé lo que tengo que hacer.

Pero unos dedos ágiles y una piel suave jalan mi corazón en dirección contraria.

CAPÍTULO 11
Adena

La sangre me roza la lengua y me deja un sabor desagradable.

Me chupo el dedo para tratar de detener el goteo rojo en la piel. Por lo general, el pulgar se lleva la peor parte del uso de la aguja, pero parece que esta noche el índice también corre peligro.

Me examino la piel herida y me reprocho semejante torpeza. Tengo la mente muy lejos de la tela con la que estoy trabajando, y llevo así todo el día. Por mucho que lo intento, no dejo de pensar en Saqueo y en el chico de las manos manchadas de hollín, la cicatriz en los labios y el mechón de pelo plateado.

Suelto un bufido que se oye en la habitación desierta tras horas de silencio. La luz clara de la luna se cuela por las ventanas polvorientas que se abren en las paredes y proyecta un brillo cálido sobre las telas de colores que se ven en los estantes y sobre las mesas.

Me he pasado la mayor parte de los días y las noches en la sala de costura. También he pasado tiempo con Pae, tanto como le permite su apretada agenda. Mientras entrena o descansa, hago lo posible por no desangrarme sobre el vestido que intento terminarle a tiempo.

La tela de seda plateada se me derrama sobre la pierna y parece que me la cubre de monedas fundidas. Una vez segura de que no voy a mancharla con las heridas de los dedos, acaricio el tejido por enésima vez. Nunca había tocado una tela así, y ni hablemos ya de trabajar con ella. La estancia está abarrotada de todos los materiales y herramientas que se podrían soñar. Hay rollos enteros de telas en las estanterías, contra las paredes y docenas de mesas repartidas por la alfombra mullida a disposición de las costureras.

Es como si me hubiera muerto y hubiera llegado a un paraíso diseñado para mí.

La luz de mi mesa vibra de energía, cosa que ya de por sí es fascinante. Nunca había tenido electricidad, agua corriente, un colchón tan blando. No me costaría acostumbrarme a vivir en un castillo. No me costaría acostumbrarme a vivir de verdad.

Respiro hondo y me obligo a concentrarme en la manga fina y drapeada que estoy cosiendo al corpiño. El baile es mañana por la noche, así que me he resignado a que me pasaré casi toda la noche sola en esta habitación.

Tampoco me quejo.

No tengo otra cosa que hacer mientras Pae duerme. Además, he de hacer algo, lo que sea, para dejar de pensar en él.

No me costó mucho reír y charlar con Pae tras subir al carruaje. No, lo difícil vino luego. Cuando mi amiga se fue a cenar con los otros contendientes y me dejó en la sala de costura, rodeada de desconocidas, no tuve más remedio que volver a pensar en él. En la traición que me había golpeado de una manera casi física, que me había llenado los ojos de lágrimas.

Me mintió. Acerca de su poder, de su plan, de todo.

Y yo, como una idiota, pensando que se preocupaba por mí. Pensando que tal vez lo que sentía por él era recíproco.

Pero quiere a Hera más que a mí. Por Hera está dispuesto a arriesgarlo todo.

Sacudo la cabeza sobre el tejido que estoy cosiendo con rabia. Escapar de las Pruebas es traición. ¿Cómo va a seguir adelante con su plan si sabe que cuando los atrapen los condenarán a muerte?

«Yo iba a morir de todos modos».

Es un razonamiento tan trágico como cierto. No quiero ni pensar en lo que pasaría si se descubriera que es portador. El rey se aseguraría de que no supusiera un problema.

La sola idea hace que se me llenen los ojos de lágrimas y la tela que tengo en el regazo se convierta en un borrón plateado. Me recojo el pelo de cualquier manera y parpadeo para controlar la emoción.

«Estoy enojada con él. Me utilizó. Me mintió».

Pero todos los pensamientos se evaporan cuando, a un lado, la pared empieza a ondular.

No, alguien empieza a ondular.

Me pongo de pie de un salto y agarro la aguja como si me pudiera defender con ella.

Abro mucho los ojos cuando veo que un imperial atraviesa la pared.

Un imperial con las costuras mejor cosidas que he visto en mi vida, y con un mechón plateado en el pelo negro.

Sus ojos oscuros me miran desde detrás de la máscara de cuero y se clavan en la aguja que apunta contra su pecho.

—Ah, eso es lo que tú llamas esgrimir la aguja.

La voz inexpresiva me resulta tan desconcertante que por un momento pierdo la mía.

—¿Q-qué…? —Me ahogo con la palabra y pruebo otra vez—. ¿Qué haces aquí?

Traga saliva. Está incómodo, tanto que se le nota en cómo mueve los pies. Es casi como si no supiera qué hacer con las manos; si su mera visión no me causara un torbellino de emociones, me habría echado a reír.

—Iba por el pasillo y percibí tu poder. —Carraspea para aclararse la garganta ante la mención de la habilidad que me había ocultado—. Supe que eras tú y... y tenía que verte.

Hago un ademán en dirección a él sin bajar la aguja.

—¿Para eso has venido o hay algo más?

Aparta la vista y suspira.

—Oye, vine a verte. Espero que signifique algo para ti.

—Pues, mira, no. —Me cruzo de brazos. El tono me salió desafiante—. Y por mí sigue con lo tuyo, no quiero que por mi culpa llegues tarde a que te maten.

—Por favor —susurra. Da un paso hacia mí—. Te tengo que explicar...

—¿Explicar? —Se me escapa una risa tan estrepitosa que mira a su alrededor nervioso—. Tuviste casi dos semanas para explicarme lo que habías planeado, pero en cambio me mentiste. —Retrocedo un paso—. Durante todo ese tiempo sabías que, una vez que te hiciera el uniforme, no volvería a verte —digo con voz tensa.

Se empeña en avanzar hacia mí mientras suplica.

—Por favor, Dena. Si no te gusta lo que digo, te dejo que me claves la aguja cuando termine, en serio.

Lo miro con gesto escéptico.

—¿En serio?

Asiente.

—Sí. Pero solo porque sé que no lo vas a hacer.

Soy consciente de que tiene razón, pero aun así me ofende.

—No lo sabes seguro.

—Te conozco —dice con voz amable—. Y sé que lo mío es la guerra, mientras que lo tuyo es el amor.

Trago saliva.

—Habla.

Respira hondo, con un suspiro que carga con el peso de lo que lo ha agobiado desde hace años.

—Me escapé de mi casa cuando tenía catorce años. —Sacude la cabeza—. Hera solo tenía doce y vivía con mi familia porque sus padres habían muerto. Es mi prima. Igual debería haber empezado por ahí.

Apenas si consigo impedir que el alivio se me refleje en la cara. Nunca me había dicho qué relación los unía. Sé que es puro egoísmo, pero doy las gracias por que no sea otra cosa.

—Nos fuimos de casa de mis padres y, desde entonces, hemos vivido solos —sigue en voz baja—. Es la única persona que ha estado siempre a mi lado. La única que me ayudó a seguir con vida mientras me escondía entre las sombras, aterrado de que alguien averiguara lo que soy. —Se acerca un paso y reduce la escasa distancia que había entre nosotros—. No puedo permitir que muera. Se ha pasado años salvándome.

Mi silencio dura más de lo que Mak esperaba. Lo veo sufrir bajo mi mirada escrutadora.

—¿Por qué tuvieron que escapar? —pregunto.

Sacude la cabeza.

—Esa historia es para otro momento.

—¿Para cuándo? —replico, y sé que me sale una voz más agresiva que nunca antes en mi vida—. Has venido a despedirte, ¿no? Pues no me mientas, Mak. No voy a tener otra ocasión de conocerte por fin.

—No hay gran cosa que contar —murmura.

—Perfecto. —Lo miro de arriba abajo con la expresión cortante que aprendí de mi madre—. Pues, entonces, terminamos.

—¿Quieres conocerme? —Se arranca la máscara y deja al descubierto los rasgos marcados que oculta debajo—. Yo lo que sé es que nadie me había importado hasta que llegaste tú.

—Pero Hera...

—Hera es mi familia —corrige—. Tú, en cambio... Tú eres la encarnación de todo lo que no soy. Y, pese a eso, aquí estoy, volviendo a ti como si te hubieras llevado una parte de mí. —Muy despacio, alza una mano y contengo el aliento cuando me acaricia un rizo suelto—. Eso me da mucho miedo.

—¿Qué quieres decir exactamente, Mak? Con las palabras más sencillas, dime qué…

—Siento no haberte comprado aquella camisa azul, aunque solo fuera para hablar contigo el tiempo suficiente para convencerte de que el rojo te sienta mejor. Siento no haberte dicho cómo me gusta verte cuando resoplas para apartarte el pelo de los ojos o cuando aplaudes porque terminaste una costura. Siento haberme contenido para no sonreír cada vez que me habría gustado. Y siento no haberte dicho la verdad. Pero, sobre todo, siento no haberme despedido.

El corazón se me acelera y tengo el estómago lleno de mariposas. No puedo decir nada, no puedo moverme ni un centímetro cuando se acerca hacia mí y…

El sonido de unas pisadas resuena en el pasillo.

Nos apartamos de un salto y los ojos se nos van a la puerta cerrada hacia la que se acercan. Mak se apresura a ponerse la máscara de nuevo con una expresión mucho más estoica de lo que merece la situación.

—Tienes que irte —le susurro apremiante—. Los imperiales no vienen nunca aquí. Si alguien te ve, sabrán que hay algo raro.

—Tengo que encontrar a Hera —insiste.

—Te atraparán —le suplico, desesperada por hacerme entender—. Ese que está ahí afuera podría ser Kai.

—Adena…

—Vete. Por favor —le suplico—. No tienen que morir los dos.

Las pisadas suenan cada vez más cerca. Mak niega con la cabeza.

—Entonces, tengo que venir por ella mañana.

—No puedes. —Lo miro a los ojos—. La noche antes de una Prueba hay guardias ante la puerta de cada contendiente. Te detendrían antes de que llegaras hasta ella. —Abre la boca para protestar, pero lo hago callar con un susurro—. Por favor, Mak. No quiero que tengas que arrepentirte también de esto.

Me mira durante un momento eterno, sin parpadear. Y, justo cuando pienso que va a tomar la peor decisión posible, se dirige hacia una de las muchas ventanas que dan al exterior. Antes de entrar en fase para atravesarla da media vuelta.

—Ven a verme. Por favor. No soportaría perderlas a las dos —susurra.

Y desaparece, fundido con la pared, hacia la noche.

Tengo el tiempo justo para respirar hondo y tratar de serenarme antes de que se abran las puertas.

Al ver al hombre que entra, me quedo boquiabierta y doblo las rodillas en una reverencia.

—¡Alteza! Eh... Hola... Perdón... No sabía que ibas a venir o habría...

—¿Salido corriendo?

El futuro rey se echa a reír con una carcajada cristalina, como le he visto hacer muchas veces con Pae.

—Es posible —admito con una sonrisa titubeante.

—No me extraña. —Se encoge de hombros—. Ya no soy tan divertido como antes.

—Seguro que no es así. —Dejo escapar la carcajada, y luego me doy cuenta de lo que dije y me atraganto en la prisa por corregirme—. No estoy insinuando que mientas, claro. Es que sé que Pae la pasa muy bien contigo, así que… seguro que no eres aburrido…, ¿no? —termino la frase con una pregunta indecisa al tiempo que me contengo para no salir huyendo.

Tengo que practicar más lo de estar callada.

—¿Tú crees? —me pregunta, divertido—. Eso sí que es nuevo. Empezaba a pensar que me detesta.

—Más le vale no detestarte. —Suspiro y sacudo la cabeza—. Alteza —añado a toda prisa—. Pero Pae no siempre hace lo que le conviene.

Asiente con una sonrisa en la cara.

—Ya me he dado cuenta. —Se acerca a la mesa iluminada sobre la que está el tejido plateado—. La verdad, por eso venía a verte.

—¿D-d-de veras? —tartamudeo y se me acentúa la sonrisa—. No sé qué puedes querer de mí.

—Para empezar, quiero que me llames Kitt, no «alteza». Y, para seguir, necesito consejo.

Se me ilumina la cara.

—Puedo hacer las dos cosas.

—Perfecto. —Entrelaza las manos ante la camisa amplia color azul—. A ver, ¿este es el vestido que se va a poner para el primer baile?

Asiento.

—¿Verdad que es precioso? Me muero de ganas de vérselo puesto. El corte le va a destacar la... —Aprieto los labios cuando recuerdo con quién estoy hablando—. Bueno, ya me entiendes. Le va a quedar muy bien.

—De eso estoy seguro. —Suspira y parece inseguro—. Desde luego, llamará la atención.

Trato de que no se note que estoy frunciendo el ceño.

—¿Y no quieres que llame la atención?

—Lo que quiero es que tenga cuidado. —Pasa los dedos por la tela suave—. Hay quien se ofenderá ante tanta osadía. Ya sabes, por lo de no ir de verde, como es tradicional.

Asiento despacio, sin saber qué decir. Por suerte, no hace falta que diga nada.

—Bueno, ¿qué opinas? ¿Esmoquin y corbata negra? —Se pasa la mano por el pelo rubio revuelto—. No es que importe mucho. Dudo que nadie se fije en mí.

Dejo escapar una risita y asiento.

—Ponte un alfiler de corbata plateado. Y no te ofendas si ella no se da cuenta. Pero será un detalle muy bonito para los que se fijen.

—Sí, siempre hay alguien que se fija. —Suspira, y se queda en silencio.

La luz zumba sobre la mesa y es lo único que se oye durante varios segundos. Luego, carraspeo para aclararme la garganta.

—Bueno, pues estoy a tu disposición para cualquier asunto de moda.

Me mira a los ojos.

—¿Puedes decirme en qué me estoy equivocando?

Por un momento, la pregunta me sobresalta.

—¿Con la ropa? —Lo miro de arriba abajo—. Ese color es perfecto para tu tono de piel, así que…

—No —me interrumpe con una risita—. Con Paedyn. Casi ni me mira. —Alza las manos en gesto de exasperación y suelta un bufido—. Es que ya no sé qué hacer. A mí ella me parece fascinante, mucho más que nadie que haya conocido. Es la persona más real que ha entrado jamás en este castillo.

Sonrío ante el sonido de su voz, ante la sinceridad que rezuma cada palabra. Percibo un enamoramiento del que no creo que ni él sea consciente, y una parte de mí querría ver a mi mejor amiga al lado de este chico, con una sonrisa sincera en la cara.

Tal vez habría sido posible en otro mundo. Un mundo en el que él no fuera el heredero de un trono de élite, en el que Pae no fuera perseguida por vulgar.

—Pae no es una persona sencilla. —Me pongo una mano en la cadera—. Te lo digo yo, que lo sé por experiencia. Pero hay una cosa que busca sobre todo en los demás. —Me encojo de hombros—. Sinceridad. Alguien con quien hablar. Pero, sobre todo, una mente abierta a lo que te pueda decir.

Asiente, distraído.

—Mente abierta, ¿eh?

—Eres el futuro rey. Sospecho que te querrá hacer muchas sugerencias.

Se echa a reír.

—No me cabe duda. —Se gira hacia la puerta—. Muchas gracias, Adena. Pero aún no te has librado de mí. Seguro que, en el futuro, necesitaré más consejos.

Sonrío de oreja a oreja.

—¡Aquí estaré mientras tú quieras!

Me devuelve la sonrisa.

—Cuando sea rey, puede que te requiera como consejera.

CAPÍTULO 12

Makoto

Llevo dando golpes en el acero desde que la vi.

Me parece que no he parado más allá de lo justo para engullir algo de comida. Canalizar todas las emociones en un golpe físico es lo único que me ha mantenido cuerdo las últimas veinticuatro horas.

Porque le he fallado a Hera. La he condenado a muerte. Y la culpa que siento amenaza con devorarme.

Debería haber ido a buscarla en primer lugar, en vez de distraerme con Adena. Pero la sensación de su poder me resultó tan familiar, tan reconfortante, que no pude contenerme y la seguí. Su presencia me hipnotiza. Hasta el punto de que perdí la ocasión de salvar a Hera.

La culpa me hace golpear el acero con el martillo una y otra vez. El sonido rítmico me lleva a un estado de desconexión, me despega de cualquier idea o sentimiento.

El metal brilla al rojo.

«No la pude salvar».

El martillo golpea con fuerza.

«Morirá en estas Pruebas».

Una oleada de calor me golpea la cara.

«He fracasado…».

El vello de la nuca se me eriza cuando la percibo cerca.

Me enderezo, dejo caer las herramientas mientras su poder crece por momentos. Se me van los ojos hacia la puerta, percibo cada paso que da hacia ella.

Cuando llama con los nudillos casi me echo a reír.

Abro de golpe y me reciben unos ojos muy abiertos y una sonrisa tímida. Me da tres segundos para mirarla antes de echarme los brazos al cuello y estrecharme con más fuerza de la que la creía capaz.

Tardo un poco, pero al final le pongo las manos en la espalda y la abrazo contra mi pecho.

—Estás aquí.

Su voz me llega amortiguada.

—Porque tú también estás.

Sonrío.

—Sabes que puedes atravesar la puerta sin llamar, ¿no?

—No quería asustarte.

—Te sentí, dulzura. —Inhalo el aroma dulce de su pelo—. Siempre sé cuándo estás cerca.

—Claro. —Noto que se encoge de hombros—. Aún me estoy haciendo a la idea de tu poder.

—Y yo aún me estoy haciendo a la idea de que lo sepas.

Se aparta de mí y me mira con sus ojos enormes.

—Pero sigo queriendo saber mucho más sobre ti.

—¿De verdad?

—De verdad. —Esboza una sonrisa traviesa—. Y no se te olvide que me debes una noche en el Fuerte.

—No recuerdo haber sentido nunca la menor necesidad de eso.

Suelta un bufido y me toma de la mano para sacarme por la puerta.

—¡Hicimos un trato, Mak!

—Un trato implica un beneficio mutuo.

—Pero qué dramático te pones —se burla sin compasión.

Caminamos por las calles oscuras, de la mano. Va pegada a mi costado, sin prestar atención a lo que la rodea cuando está conmigo. Yo la guío por las sombras, le permito el lujo de mirar hacia donde quiera sin preocuparse de por dónde pisa.

La segunda vez que la desvío agarrándola por los hombros, alza la vista de pronto hacia mí.

—Gracias por irte anoche.

Asiento ante el recordatorio de lo que no hice. Se da cuenta.

—¿Estás bien? —añade.

Medito unos momentos la respuesta.

—Nunca lo he estado.

—Siento que no pudieras salvarla —susurra—. Pero hiciste todo lo posible.

—Todo no.

Me mira con el ceño fruncido.

—El baile se está celebrando en estos momentos. Después, Hera estará vigilada hasta que empiece la Prueba. No le habría servido de nada que te atraparan.

Me encojo de hombros.

—Habría acelerado lo inevitable.

—No te van a atrapar —me asegura—. Muy poca gente sabe lo que eres y, por suerte para ti, soy buena guardando secretos. —Se da un golpecito en los labios llenos—. Además, ¿por qué estás tan seguro de que Hera no sobrevivirá a estas Pruebas? Es velo. —Me dirige una sonrisa comprensiva—. Puede que no necesite que nadie la salve.

Asiento, aturdido, recordando todos los años que ha sobrevivido Hera en los barrios bajos. Tal vez la he subestimado. Y tal vez eso mismo me dirá ella cuando terminen estas Pruebas.

—Espero que tengas razón —digo de mala gana.

Se hace el silencio entre nosotros hasta que Adena ya no soporta más la falta de conversación.

—Puede que no sea el mejor momento para preguntártelo... De hecho, seguro que no lo es..., pero ¿qué tal funcionó el uniforme de imperial? ¿Despertaste sospechas en los otros guardias?

Niego con la cabeza.

—Ni me miraron. Caminé casi hora y media para llegar al castillo y entré por la puerta más cercana a la Arena. Como si acabara de terminar mi turno.

Veo la sonrisa que trata de disimular.

—Me alegro de que mi trabajo resultara convincente.

—Sí, fue perfecto. —Suspiro—. Y todo para nada. Siento haberte hecho perder el tiempo.

—Estuve contigo. —Me sonríe con dulzura—. Eso no es ninguna pérdida de tiempo.

No tengo oportunidad de responder, porque me jala para doblar una esquina y llegamos a un callejón sin salida.

—¡Ya estamos aquí! —exclama con entusiasmo excesivo al ver la callejuela oscura—. ¡Hogar, dulce hogar!

Me acerco más y veo la montaña abigarrada de objetos apilados para formar una barrera contra la pared. Mide casi un metro de altura y se alza sobre un montón de alfombras y cobijas andrajosas.

—¿Aquí duermes? —digo muy despacio.

—¡Sí! Este es el lado de Pae. —Señala la zona izquierda de una alfombra desgastada—. Y, obviamente, esta mitad es la mía. —Atraviesa en fase la barrera de basura y se deja caer sentada en su parte de la alfombra—. Esta zona está reservada para Pae, pero esta noche haré una excepción.

—Qué suerte tengo —murmuro al tiempo que junto energías para sentarme en la sucia alfombra—. Por la plaga, esto es un estercolero.

—¡Eeeh! —Me da un golpe en el vientre con el dorso de la mano—. Es mi hogar.

—Pues tu hogar es un estercolero.

Me mira con severidad.

—No seas grosero.

—¿Es que no me conoces? —le pregunto con toda sinceridad.

—Claro que sí. Y eres más amable de lo que dejas traslucir.

Si la respuesta no hubiera sido igual de sincera, me habría echado a reír.

—¿Y eso por qué lo dices?

De pronto parece tímida, insegura.

—Eres el único que quería comprar mi camisa azul.

Recuerdo la confesión como si hubiera pasado mucho tiempo desde que se me escapó, no unas pocas horas. He estado tan concentrado en el destino de Hera que no me he parado a pensar en cómo le abrí mi corazón. Pero ahora ha salido el tema, y solo con verla me sonrojo al recordar cada palabra que dije.

—¿Todavía quieres? —me pregunta en voz baja.

Asiento muy despacio sin dejar de mirarla a los ojos.

—Solo si me permites que además te diga algo.

—Trato hecho —responde, e intenta no sonreír.

Me meto la mano en el bolsillo y saco un chelín. Se lo ofrezco y se le queda mirando.

—El precio eran tres.

—Yaaa —prolongo la palabra—. Y no es que te la quitaran de las manos, precisamente.

Se cruza de brazos.

—Tres.

—No creo que estés en posición de negociar.

—Dos —acepta—. Y una sonrisa.

Finjo sopesar la oferta y echo la cabeza atrás.

—Se me hace caro, dulzura.

Suspira.

—Está bien, entonces solo la sonrisa.

—Esa es la parte que me parecía más cara.

Me habla con delicadeza, como si se dirigiera a un animal asustado. En cierto modo, la comparación es válida.

—¿Me vas a hablar de ti? ¿Y de por qué no me sonríes?

—No es nada personal, Dena. —Cambio de postura para recostarme contra la pared y me rodeo las rodillas flexionadas con los brazos—. El día que Hera y yo nos escapamos de casa, dejé de sonreír.

Arquea las cejas para animarme sin palabras a seguir hablando, y suelto un bufido de fastidio.

—De acuerdo, pero me vas a dar la maldita camisa gratis. —Hago una pausa para poner en orden las ideas antes de seguir—. Crecí en el otro lado de los barrios bajos. Mis padres eran…, bueno, son el caso típico de mundanos pobres. Casi no tenían ni para comer ellos, así que no te digo ya los niños. Por abreviar y sin entrar en detalles íntimos, yo llegué por sorpresa.

»Mi infancia no fue gran cosa. —Me encojo de hombros como si eso no tuviera mucho que ver con quién soy ahora—. Nunca habían querido tener un hijo y no planeaban dar de comer a una boca más, y de pronto vine yo y los obligué a ser padres.

Me escucha con atención, con la cabeza inclinada hacia un lado, los ojos muy abiertos, los codos en las rodillas y la cara entre las palmas de las manos. Como mínimo resulta atractiva. Más bien adorable.

—Como todos los pequeños élites, no controlaba mis habilidades, pero mi madre era vista, y mi padre, farol, así que dieron por hecho que no era más que un mundano en los barrios bajos. —Suspiro—. Hasta que crecí y empecé a portar los poderes más físicos de los que tenía cerca.

»Estuve a punto de prender fuego a nuestra cabaña cuando tenía cinco años. Esto hizo que pensaran que era quemador, aunque tardío. Pero, menos de una hora más tarde, me vieron trepar por la pared como un araña.

La miro de reojo y veo en su rostro una expresión de asombro muy teatral. Si fuera cualquier otra persona, pensaría que se está burlando de mí. Pero es Adena, y es una mirada de baja intensidad comparada con las que me dedica cuando le llevo bollos de miel.

—¿Y qué pasó? —me anima al tiempo que hace un ademán alentador.

—Empezaron a entender lo que era —hablo con voz átona para ocultar la carga de amargura que lleva cada palabra—. No supieron qué hacer conmigo. Me tuvieron encerrado en la cabaña. Que yo recuerde, Hera fue la primera persona que vi aparte de mis padres. Apareció en nuestra puerta con siete años y pronto nos hicimos inseparables, básicamente porque no teníamos a nadie más.

No me había dado cuenta de que me estaba pasando el pulgar por la cicatriz que me corta los labios, pero de pronto me fijo en que sigue el movimiento con los ojos.

—Cuando crecí un poco, empecé a comprender por qué no me dejaban salir. Aún no controlaba bien mis habilidades, y ser portador me llevaría a una muerte cierta. Era, y sigo siendo, una amenaza para el rey, todo por culpa de un poder que yo no elegí. Mis padres eran muy conscientes y me dejaron bien claro que no me querían. Sobre todo mi padre.

Miro a Adena con la esperanza de que me dé un motivo para poner fin a la conversación, pero lo único que transmiten sus ojos color avellana es preocupación. Es la bondad lo que hace que me ponga la mano en la rodilla y su contacto me reconforta.

—Pensaba que era un inútil, y me lo decía. —Trago saliva, trato de no balbucear en la prisa por escupir las palabras—. No podía trabajar con él en el taller, no podía salir de la casa por miedo a que me descubrieran. Era una carga. Una molestia. Una decepción.

—Eso no es cierto —dice Adena al tiempo que niega con la cabeza.

—Te aseguro que sí. —Asiento y los ojos se me van hacia el cielo—. Y no tuve la suerte de que me quisieran pese a eso.

Lamento haberlo dicho cuando la miro a los ojos. Es como si cada palabra hubiera apagado la chispa que le brillaba en ellos, como si le hubiera borrado la sonrisa para dejarle un gesto de desolación indigno de sus labios. Nunca me imaginé que pudiera parecer tan sombría, y me reprocho ser la causa.

Pero sé que no me va a dejar parar ahora, y respiro hondo para seguir.

—Tenía a Hera. Mis padres la soportaban más que a mí porque traía dinero a casa gracias a sus actuaciones como velo, pero cuando fuimos creciendo las cosas se fueron poniendo peor. Mi padre bebía mucho, cada vez más, y mi madre no se lo impedía. Y así empecé a aprender a defenderme.

Me paso la mano por el pelo y sacudo la cabeza ante la avalancha de recuerdos que salen a la superficie.

—Siempre venía a casa del taller y a veces traía las armas que había hecho durante el día. Nos gritaba, mi madre se escondía. Yo me llevaba la peor parte por defender a mi madre y a Hera. Con el que estaba furioso era conmigo. Yo era el que no le servía de nada.

Se ha tapado la boca con la mano para ocultar la mitad de su expresión de asombro.

—¿Por eso te escapaste?

—Sí y no. Tenía catorce años cuando mi vida de mierda voló por los aires de manera oficial. —Se inclina hacia mí sin quitarme la mano de la rodilla, me la aprieta en gesto de comprensión—. Aquella noche todo iba como siempre. Mi padre llegó borracho, dispuesto a pelear. Cuando entró, nos vio a Hera y a mí riéndonos de algo. Entonces, vi el brillo de la espada que llevaba en la mano. No era la primera vez que traía un arma, pero nunca lo había visto con nada tan afilado, tan letal.

»Me puse delante de Hera, como siempre, y busqué con la vista a la madre que nunca estaba allí. Pero lo que más miedo me dio no fue la espada, sino las palabras de mi padre. —Trago saliva—. No olvidaré nunca lo que me dijo aquella noche. Me dijo que le sería más útil si me entregaban al rey. Que me debería haber vendido ya en lugar de aguantarme tantos años. Y entonces… —Parpadeo, noto que se amontonan las emociones. No me gusta y las aparto para mantener la voz serena—. Entonces, amenazó con hacerlo. Dijo que me iba a vender al rey a cambio de un puñado de chelines, como debería haber hecho hacía años.

—Mak… —La voz de Adena es apenas un susurro, casi no la oigo por encima de mi respiración entrecortada.

—Que no me merecía sonreír. Me lo dijo —hablo cada vez más bajo; las palabras escapan del pasado y ensucian el presente—. No recuerdo verlo atacar con la espada, solo su voz cuando me prometió que me iba a borrar la sonrisa de la cara. —Se me va el pulgar hacia la cicatriz de los labios y la recorro tembloroso—. Después de aquello, Hera y yo nos escapamos. No quería arriesgarme a que le hiciera nada a ella ni a que cumpliera su promesa de venderme al rey. —No me atrevo a mirarla a la cara después de lo que le he contado—. Hera y yo sobrevivimos en los barrios bajos durante años antes de poder permitirnos un techo bajo el que cobijarnos. —Sigo evitando su mirada compasiva—. Hice todo lo posible por controlar mi poder. Aprendí a esconderme a plena luz. Y me hice herrero solo para fastidiar a mi padre. Así que al final las cosas salieron bien.

Cierro los ojos con fuerza cuando me agarra la barbilla con los dedos.

Me obliga a girar la cara hacia ella pese a mi resistencia. Noto la palma de la mano suave contra la mejilla, ajena a mí en su dulzura. Pero, cuando me pasa el pulgar por la cicatriz, abro por fin los ojos y le devuelvo la mirada.

—Te robó la sonrisa —dice con las pestañas oscuras cargadas de lágrimas—. No me extraña que no te quedara una para mí.

El arrepentimiento me invade una vez más; sus palabras me recuerdan todas las ocasiones que he perdido de dedicarle una sonrisa que la hiciera sonreír a su vez.

—Encontraré sonrisas —susurro—. Si hace falta, por ti, las robaré.

Se le iluminan los ojos, brillantes de lágrimas.

—Y yo las atesoraré.

Noto el pulgar caliente contra la piel mientras me recorre la cicatriz y crea recuerdos nuevos que desde ahora relacionaré con la marca.

—¿Dónde están tus padres? ¿Qué fue de ellos? —me pregunta tras un largo rato de silencio.

Me encojo de hombros como si no pensara en eso cada día.

—No lo sé bien. Seguro que siguen en la misma casa, en la otra punta de los barrios bajos. Llevo años escondiéndome de ellos, entre la gente. Y sigo vivo, así que deduzco que mi padre no llegó a venderme al rey. —Suelto un bufido—. Supongo que se dan por satisfechos con haberme perdido de vista.

Asiente muy despacio y asimila mis palabras antes de hablar.

—No eres inútil, ni mucho menos. Eres fuerte, eres inteligente y te queda de maravilla el uniforme de imperial. En el mejor sentido de la expresión. —Tiene los ojos llenos de fuego y no me ha quitado el pulgar de los labios—. Y nadie te puede robar la sonrisa. La sonrisa es tuya, Mak. Solo tú eliges a quién se la das.

La agarro por la muñeca y le aparto la mano con delicadeza para hablar.

—Makoto.

Pestañea.

—¿Qué...?

—Makoto —repito. Lanza un gritito cuando la atraigo hacia mí por la muñeca que aún le tengo agarrada y con una mano tras su rodilla—. Me llamo Makoto Khitan. —Abre mucho los ojos, más cerca de mí que nunca—. Ahora ya me puedes regañar con propiedad.

Oigo cómo traga saliva.

—¿Qué más debería saber sobre ti, Makoto?

Inclino la cabeza a un lado y me encojo de hombros.

—Esto te va a sorprender, pero a veces soy un poco... hosco.

Me sonríe, alentadora.

—Reconocer el problema es el primer paso.

—Ah, no, no pienso cambiar. Solo quería que supieras que es una cosa habitual en mí. A ver, ¿qué más? —Suspiro—. Soy incapaz de saltar correctamente. De toda la vida. No sé por qué es, y me avergüenzo de ello. Ah, y no me gustan las cucharas, solo los tenedores. Me gustan los rábanos más que a la mayoría de la gente. Y no se me da bien manejar el arco.

Observo cómo sus reacciones, que empiezan en los ojos, luego se le extienden a toda la cara.

—Vamos. Seguro que hay algo más.

—Lo siento, dulzura, te toca a ti. —La miro a los ojos—. Yo también quiero detalles.

Me sonríe, y no le cuesta ningún esfuerzo ser deslumbrante.

—Bueno, esto puede ser un poco largo.

—No pensarías que iba a dormir aquí, ¿verdad? —Arqueo las cejas—. No, tengo la intención de hablar sobre ti hasta que amanezca.

Dicho esto, respiro hondo y me permito hacer algo que nunca había deseado hacer antes de conocerla.

Es aterrador lo fácil que me resulta.

Sonrío.

CAPÍTULO 13

Adena

—A Pae no le va a hacer gracia que te hayas puesto a limpiar la tina.

Entono la advertencia con voz cantarina mientras sonrío a Ellie, que está acuclillada.

Ellie voltea a verme y unos cuantos mechones de pelo castaño que se le han soltado del chongo le caen sobre los ojos.

—Entonces, mejor que no se entere.

Me cruzo de brazos y la miro con fingida altanería.

—¿Y cómo sabes que no se lo voy a contar?

Ellie me apunta con la esponja chorreante y sonríe.

—Si caigo, tú caes conmigo. Además, soy su doncella. Esto es mi trabajo.

Suspiro y me recuesto contra el marco de la puerta del cuarto de baño. La habitación de Paedyn está inmaculada ahora que lleva casi toda la semana ausente, en la primera Prueba. Todo esto me pone muy nerviosa.

No me gusta que Pae esté en estas Pruebas «especiales». Ya es bastante difícil sobrevivir a las normales.

Me vuelvo a concentrar en Ellie para quitarme de la cabeza esos pensamientos sombríos. Está frotando con energía el fondo de la tina.

—¿Se te ocurre algo para el próximo vestido? El segundo baile será dentro de una semana.

—La verdad, no. —Tiene que elevar la voz para hacerse oír por encima del agua que corre—. Quién sabe de qué color querrá ir.

—En fin, tendré que esperar a que vuelva y me lo diga —lo afirmo con toda confianza, como si supiera a ciencia cierta que va a regresar hoy con vida—. Será difícil superar lo del vestido plateado. Estaba espectacular con esas mangas y la falda abierta a un lado…

Ellie me lanza una mirada y aprieta los labios en una sonrisa.

—Y eso que no viste cómo la miraban en el baile.

—Bueno —digo, azorada—. La ayudé a vestirse, claro, y le deseé suerte…

—Cierto. —La sonrisa de Ellie es tan traviesa que no empata con sus rasgos dulces—. Porque estabas muy ocupada visitando a tu chico.

—No es mi… No es mi chico, Ellie —replico, pero no puedo evitar que se me asome una sonrisa—. Y no me arrepiento de haberme ido. Lo llevé al Fuerte y nos pasamos horas hablando de mil cosas. —Noto que se me ponen rojas las mejillas—. Me contó que de niño tuvo un perro. Bueno, un perro callejero que lo seguía a todas partes, ¿no te parece encantador? Me habló de sus cosas favoritas, que le gustan las manzanas verdes más que las rojas... ¡Ah!, y dijo que tengo el pelo... elástico, literalmente.

Sonrío y hago una pausa para tomar aire.

—Da igual, el caso es que nos hemos visto casi todos los días desde entonces. A veces nos encontramos a medio camino, o salgo pronto por la tarde para llegar a los barrios bajos antes de que anochezca. Por lo visto a nadie le importa a dónde vaya mientras vuelva a tiempo para hacerle el vestido a Pae.

Ellie no me interrumpe y me deja terminar.

—Vaya. Sí que estás enamorada de él.

Tengo los pies inquietos, pero me paro en seco al oírla. Yo no me enamoro, me lanzo de cabeza en el amor, incapaz de aminorar la marcha lo necesario para estudiar mis sentimientos o a la persona en la que los he depositado. Pero no es el primer chico que me gusta, y no hay punto de comparación.

—¿Se lo has contado a Paedyn? —insiste.

Parpadeo para volver a la realidad.

—¿Eh?

Ellie entorna los ojos.

—No se lo has dicho, ¿verdad?

Suelto un bufido y me siento junto a ella, en el suelo impoluto que sospecho que ha fregado una y otra vez antes de que llegara yo.

—No, la verdad. Pero se lo contaré. En algún momento. —Me miro los dedos, otra vez dando vueltas al mismo problema que he tenido desde que me reuní con Paedyn—. Ahora mismo tiene muchas cosas en la cabeza y debe concentrarse en las Pruebas. No quiero que se distraiga con mi vida sentimental. Porque conozco a Pae, no pararía hasta conocer a Mak y darle el visto bueno. —Sacudo la cabeza. He tomado una decisión—. No, no puedo permitir que se desconcentre ni que se preocupe por nada relativo a mí mientras se está jugando la vida.

Ellie guarda silencio durante largos segundos, y al final asiente.

—No le va a hacer gracia que no se lo hayas contado.

Esbozo una sonrisa traviesa y señalo la tina.

—Lo mismo te digo de tanta limpieza, Ellie.

Antes de que le dé tiempo de salpicarme con agua, salgo corriendo de la habitación.

—¡Volveré pronto! —le grito—. ¡Me voy a ver a mi chico!

Me cuesta un verdadero esfuerzo no ir al galope por el pasillo. Casi no puedo contener la emoción ante…

Casi me doy de bruces contra un hombre alto al doblar una esquina.

En medio de una disculpa farfullada, los ojos se me van hacia los suyos, verdes, clavados en mí. Parpadeo horrorizada ante lo que acabo de hacer y doblo las rodillas en una reverencia.

—¡Majestad! —casi grito—. ¡Lo siento muchísimo! Tengo que mirar mejor por dónde voy, sobre todo en un castillo con tanta gente que…

Alza una mano grande que me corta la frase en seco. La mirada se me va de la palma que tengo ante la cara hacia el hombre con el que casi choco.

En el rey todo es grande, imponente. Mide dos buenos palmos más que yo y su mirada penetrante me da la sensación de que me va a partir en dos. Trago saliva y sigo ante él mientras me mira de arriba abajo, con especial atención al pelo revuelto y la ropa arrugada.

Cuando por fin baja la mano con la que me impone silencio me siento extraña, desnuda delante de él.

—¿Se puede saber quién eres?

Tiene la voz grave de una manera que dista mucho de resultar tranquilizadora. Cambio el peso de un pie al otro, nerviosa, y trato de aparentar calma.

—Me llamo Adena, majestad. ¡Es un placer conocerte!

Me dedica una sonrisa que solo se puede calificar de amenazadora.

—No le mientas a tu rey, Adena. Debo de ser la persona que menos ganas tenías de encontrarte, a juzgar por la prisa con la que ibas en busca de otra.

Abro la boca y la vuelvo a cerrar varias veces antes de que me salgan las palabras.

—Ay, no, es que tengo mucho trabajo antes del próximo baile y quería empezar cuanto antes. A elegir tejidos, calcular medidas y todo eso…

Vuelve a alzar la mano.

—No te había visto por aquí. ¿Quién eres?

—Ah, soy la costurera de Paedyn —digo con el tono más alegre que me sale—. Me mandó a buscar porque llevo años haciéndole la ropa.

Me mira con los ojos entrecerrados.

—¿Eres muy amiga de Paedyn?

—Pues sí, bastante. —Sonrío, porque me resulta reconfortante hablar de eso—. Hace mucho que vivimos juntas en los barrios bajos.

—Ya veo —murmura—. Debe de estar muy contenta de contar contigo aquí.

Asiento.

—Sí, sí, las dos estamos encantadas.

—En ese caso, te alegrará saber que sobrevivió a la primera Prueba.

Me lo dice con una voz extraña, como si no fuera el resultado que esperaba. Me contengo para no suspirar de alivio.

—¡Claro! No me imaginaba otra cosa de Pae.

—Pae —repite en voz baja, y esboza una sonrisa nada tranquilizadora—. Qué tierno.

Hago lo posible por seguir sonriendo, aunque cada vez me siento más incómoda. Estoy a punto de hacer una rápida reverencia para tratar de escapar cuando suelta un suspiro.

—Sí, qué bien que Pae no haya sido una de las bajas de esta Prueba.

Parpadeo.

—Si... Si puedo preguntarlo, majestad... ¿Quiénes fueron las bajas?

Se encoge de hombros como si esas muertes fueran detalles sin importancia.

—Sadie. Una pena, soy amigo de su padre. Ah, sí, y la chica velo de los barrios bajos, pero esa no me extraña...

Su voz se esfuma bajo el zumbido que he empezado a oír. Clavo los ojos en la pared, detrás de él, mientras el peso de sus palabras me cae encima.

«Hera murió».

Solo puedo pensar en Mak. En la culpa que se le dibujará en la cara cuando se entere, en la agonía cuando escuche cada palabra.

—Es espantoso —digo con voz temblorosa—. Cuánto lo siento.

En cambio, el tono del rey es alegre.

—Así son las Pruebas.

Al ver que no añade nada más, hago una reverencia insegura.

—Fue un honor, majestad.

Paso de largo junto a él y me sobresalta oír su voz retumbante a mi espalda.

—Seguro que volveremos a vernos, Adena.

La luz del atardecer tiñe ya Saqueo con un brillo dorado cuando llego a la calle bulliciosa.

De no ser por mi falta de resistencia habría venido corriendo todo el rato, pero seguí el camino que pasa junto a la Arena mucho más deprisa que de costumbre.

La calle está abarrotada de clientes que gritan y niños que lloran. Me abro camino con tanta cortesía como es posible, con los ojos clavados en el ruinoso edificio donde está su taller, su hogar.

No sé cómo llego hasta su puerta, pero de pronto estoy allí; alzo la mano para llamar con los nudillos y...

La puerta se abre.

Me quedo paralizada al verlo.

Está allí de pie, con los ojos vidriosos y rebosantes de una culpa que me dice que ya sabe lo que le he venido a contar.

—Te sentí llegar —susurra con voz débil.

Se me van los ojos hacia el papel arrugado que tiene en la mano. Veo la escritura conocida que aparece en él.

Una octavilla de las Pruebas.

«Qué manera tan espantosa de enterarse».

Se me llenan los ojos de lágrimas y doy un paso hacia él.

—Mak, Mak…

Pierde la compostura y su cuerpo choca contra el mío.

Se derrumba sobre mí, le tiemblan los hombros mientras lo abrazo con fuerza. La octavilla que habla de la muerte de Hera cae al suelo, olvidada en la ola de emociones que amenaza con ahogarlo. Se estremece entero contra mi cuerpo, con los brazos inertes sobre mis hombros.

—La he perdido —dice ahogado—. La he perdido y es culpa mía.

Me trago las lágrimas.

—No, no —susurro—. No puedes pensar que es culpa tuya.

Se estremece entre sollozos, me hace temblar con sus sacudidas allí, en la puerta.

—Debería haber sido yo. —Me agarra por la cintura para apoyarse en mí—. Debería haber sido yo.

—Shhh. —Le paso la mano por el pelo mientras las lágrimas ardientes me resbalan por las mejillas—. Saldremos de esta.

—Dena. —Su voz es un susurro, una confesión de culpa—. Debería haber sido yo. Ojalá hubiera sido yo.

—No digas eso. —Lo abrazo con más fuerza, noto cómo tiembla con cada inhalación—. Te necesito.

—No me necesites —susurra contra mi pelo—. Te fallaré.

CAPÍTULO 14

Adena

Durante los días que siguen me marco como objetivo personal hacer sonreír a Mak.

No es tarea fácil, desde luego, pero resulta gratificante y me hace estudiarlo en busca del menor indicio de sonrisa.

Eso nos ha llevado a la actividad de esta noche.

—Qué idiotez.

Y hay quien no lo ve con entusiasmo.

—Caray, lo decías en serio. —Me cubro la boca con la mano para sofocar la risa y me obligo a conservar la compostura—. Eres incapaz de saltar.

—Se acabó —bufa, y se gira hacia la puerta en el callejón donde hemos estado practicando—. He sobrevivido hasta ahora sin saber hacerlo.

—¡Vamos! —Corro tras él y lo agarro por el brazo—. Solo tienes que intentarlo un poco más. Además, así te distraes.

Se da la vuelta y me mira acusador.

—¿Tú tuviste que practicar?

—Bueno… No, pero…

—Porque a ti estas mierdas de chica alegre te salen naturales. —Sacude la cabeza—. Y esto igual te agarra por sorpresa, pero a mí no.

—Okey, okey. —Bajo la voz para sonar gruñona—. Lo tuyo es estar todo taciturno y siniestro y durísimo con tus cuchillos afilados, y ni hablar de sonreír.

Se cruza de brazos.

—¿Ese aspecto tengo?

—Y así hablas, sí. —Sonrío—. Bueno, más o menos.

—Okey. —Me dedica una sonrisa sarcástica, aunque aún tiene los ojos nublados por el dolor de la muerte de Hera—. Pues lo tuyo es estar siempre con risitas y felicidad perpetua entre moños y encajes y esas… cosas.

Asiento y doy un paso hacia él.

—¿Y te gusta eso en mí?

No le hace falta pensárselo ni un momento.

—Entre otras muchas cosas.

—Bien —me limito a decir, y me pongo una mano en la cadera—. Porque no voy a cambiar. Me gustan mis moños y mi felicidad.

—Ya lo sé.

—Es que lo mío es…

—El amor, no la guerra —termina mi frase.

Sonrío de oreja a oreja.

—Exacto. Por eso, pegarle un puñetazo en la cara a aquel tipo era lo último que quería hacer.

Mak se encoge de hombros.

—Se lo merecía. Y te hacía falta practicar.

Recuerdo el momento, que había quedado enterrado bajo la conmoción de todo lo que vino después. El ojo morado del hombre, su miedo evidente al ver a Mak. El dolor que me recorrió el brazo cuando le di un puñetazo en la cara… Una sensación que no quiero volver a experimentar.

Pero recuerdo también las palabras de Mak, lo que le dijo al hombre, y la curiosidad me vuelve a devorar.

—Hablando de aquel día, ¿cómo supiste que ese hombre mentía cuando dijo que no me había reconocido?

—Ya hemos discutido esto, Dena —bufa—. Lo supe y ya está.

—¿Cómo? —insisto.

—Esto es ridículo.

—No me obligues a regañarte, Makoto Khitan —le advierto al tiempo que agito un dedo ante su rostro.

—Okey. —Salva de un paso la distancia que nos separa—. Lo sé porque me aseguré de que jamás se olvidaran de tu aspecto. Me aseguré de que supieran exactamente quién eras y no se te volvieran a acercar.

—Da un paso hacia mí y me aproxima la cara—. Pero se te acercó. Fracasé.

Sacudo la cabeza, con una expresión boquiabierta de sorpresa ridícula.

—¿Q-qué? ¿Cómo que te aseguraste de que jamás se olvidaran de mi aspecto?

Se queda en silencio un momento antes de decirme cosas que me dejan aún más asombrada.

—Los obligué a memorizar tus rasgos, todos y cada uno. Les describí el color de tus ojos y la longitud de tus pestañas. El tono cálido de tu piel y la forma exacta de tus rizos. Tu nariz, tus labios, tu sonrisa, hasta la cicatriz que te hiciste en la mano con uno de mis puñales. Hice que te memorizaran. Así que, sí, sabía muy bien quién eras y eligió hacer caso omiso de mis amenazas.

Se hace el silencio entre nosotros y alzo la vista hacia él.

La expresión se le dulcifica al mirarme, aunque la tristeza persiste en el fondo de sus ojos. Pese a la pena, consigue esbozar un atisbo de sonrisa.

—No sabía que fuera posible dejarte sin palabras.

—No, es que… —Niego con la cabeza sin saber qué decir—. Es que no puedo creer que hicieras todo eso por mí. —Sonríe y sigo hablando—. Y, aun así, te niegas a aprender a saltar.

Me pone la palma de la mano en la frente y me empuja un paso atrás. Sonrío de oreja a oreja, encantada de distraerlo, de ser para él un punto de luz en medio de la oscuridad.

—Te aseguro que no puedo hacer nada por ti que supere lo de aguantar esta humillación —dice en tono seco.

Va hacia el final del callejón, seguido por mi risa.

Y aplaudo cuando vuelve a intentar saltar.

CAPÍTULO 15

Makoto

—¿Qué te dije de dormir en este estercolero?

Sonríe y se sienta sobre los talones tras flexionar las largas piernas; es imposible que esté tan cómoda como aparenta sobre las alfombras bastas del Fuerte.

—Eh… ¿Que te encantaba y que ojalá volviéramos a hacerlo y que quieres pasar más tiempo conmigo?

Pongo los ojos en blanco.

—Puedo asegurar que esas palabras jamás salieron de mis labios, aunque no discuto la última parte.

Me dedica una de esas sonrisas que hacen que cueste apartar la vista de ella.

—Bien. Porque he decidido que deberíamos venir al Fuerte cada noche que haya baile. —Arranca un pedacito del bollo de miel con el que la he sorprendido—. Es una superstición, si quieres, pero estuvimos aquí la noche del primer baile y Paedyn sigue sana y salva. Así que pienso conservar la tradición.

«No le sirvió de nada a Hera».

Hago caso omiso del pensamiento, como llevo haciendo todo el día.

—Bueno, una visita quiere decir que no tendré que dormir aquí, así que...

—¡Claro que dormirás aquí! —me insiste—. La otra vez no fue tan grave.

—Aún me duele la espalda.

—¡Ha pasado una semana!

Es como un golpe.

Ha pasado una semana.

Una semana desde que arranqué la octavilla de la pared y la recorrí con los ojos para averiguar que Hera había muerto apuñalada en la primera Prueba.

Una semana desde que lloré en brazos de Adena, desde que sentí su contacto tranquilizador. Desde que expresé en voz alta la culpa que sentía, el pesar, el miedo.

Una semana desde que empecé a llorar su pérdida.

Pero ya he llorado suficiente, ya he ahogado el dolor en lágrimas. Ahora me queda este dolor sordo, aunque su recuerdo siga muy vivo. Estoy harto de llorar, harto de este estado constante de desesperación. Hera me habría regañado por sufrir tanto por su muerte. Me diría con voz tranquila que me controlara, como me dijo tantas veces a lo largo de los años.

Así que lo estoy intentando. Aunque lo cierto es que he encontrado una buena distracción.

—Bien —digo para aceptar la oferta de Adena—. Vamos, al Fuerte. Por el poder de la plaga, menos mal que después de esta noche solo tendré que hacerlo una vez más.

—¡Genial! —grita alegre ante mi concesión—. Y, antes de que me dé cuenta, Pae volverá y me hará compañía. —No me da tiempo de decir algo sarcástico—. ¡Ay, eso me recuerda una cosa! ¡Tenemos que redecorar el Fuerte antes de que vuelva!

Frunce el ceño al ver mi gesto inexpresivo. Señalo a lo que nos rodea.

—Claro, dulzura, si tú lo dices.

—Makoto —dice con severidad. El sonido de mi nombre completo en sus labios hace que casi sonría—. No vamos a tardar ni un momento. Vamos, arriba.

Me pongo de pie de mala gana solo para descubrir que esto nos llevará bastante más de un momento. Adena me indica cómo poner un cordel en los muros del callejón a todo lo largo del Fuerte. Luego, va cosiendo por el cordel cuadrados de telas de colores para hacer una cadena de banderines que transmiten lo que ella llama una sensación «festiva, pero sin que parezca que nos sorprende mucho que hayas sobrevivido».

Luego, claro, me toca reorganizar la basura dispar tras la que duermen, organizando la barrera «para que resulte más atractiva», o eso dice ella. Tras los últimos toques, que incluyen una cobija que parece más nueva y una almohada que compartirán, me deja por fin sentarme.

—¡Qué bien! —Adena da palmadas de admiración ante este montón de basura apenas un poco menos indeseable—. ¡Mucho mejor! Qué sorpresa se va a llevar Pae.

Doy un mordisco a un bollo de miel.

—Sí —digo en tono burlón—, no hay mejor bienvenida que un estercolero reorganizado.

Se pone una mano en la cadera.

—Este estercolero es todo lo que tengo.

—Pensaba que me tenías a mí.

Pestañea de una manera que me hace pensar de inmediato en qué decir para que vuelva a hacerlo.

—¿De veras?

Trago saliva y me obligo a decir unas palabras que sé que valen poco.

—Si me aceptas.

—¿Y si no? —pregunta con voz pausada.

—Entonces, no me tendrá nadie.

Me mira y no me desagrada la sensación. Carraspea para aclararse la garganta y aparta la vista con timidez, y luego se acerca a la barrera y la atraviesa en fase.

Nuestros hombros se tocan cuando se sienta a mi lado. Me pongo tenso. No porque no quiera su contacto, sino porque no estoy acostumbrado a que alguien quiera el mío. A que alguien me elija, a que considere que valgo la pena.

Porque no me lo merezco. No la merezco a ella. Si la oscuridad es la ausencia de luz, yo soy oscuridad cuando no la tengo cerca. Y no sé cómo he vivido tanto tiempo sin tenerla a mi lado para que me guíe.

—¿Qué se siente? —La pregunta me arranca del hilo de pensamientos—. El tener todo ese poder, digo.

No dudo ni un instante.

—Soledad.

—¿Porque nadie te conoce?

Asiento.

—Mientras que yo conozco a todos.

—Se dice que Kai es el élite más poderoso que ha habido en muchas décadas —sigue en voz baja—. Tú tienes el mismo poder y en cambio vives en los barrios bajos.

—Me escondo en los barrios bajos —replico con amargura.

Deja escapar un suspiro, tan frustrada que me resulta llamativo.

—¿De verdad crees que el rey te mataría si supiera que eres portador?

—Me consideraría una amenaza, sí —digo con voz inexpresiva—. Igual que los fatales. Solo ha conservado a uno de cada clase, y ya tiene un portador que además resulta que es su hijo y lo puede controlar.

Me examina como si fuera una de sus labores de costura.

—Se parecen mucho, y no solo en el poder.

—Bueno, sí, él ha hecho cosas de mierda, y yo soy un mierda. —Doy otro mordisco al bollo de miel—. Seguro que, en otras circunstancias, seríamos amigos.

Hace un ruidito que me indica que está de acuerdo. Por lo visto, es lo único que me va a dar a modo de respuesta. Parece muy distraída de repente por los rizos que le caen sobre los hombros, y yo también lo estoy. ¿Qué le dije de esos rizos? Ah, sí, que eran «elásticos», o algo igual de profundo.

Qué intento tan inútil de fingir indiferencia. Como si no admirara el brillo de cada bucle, la manera en que se entrelazan en un abrazo. Como si pudiera dejar de mirarle el cuello como una columna cuando se recoge esos rizos de cualquier manera y algunos mechones olvidados le caen sobre la espalda.

Como si pudiera dejar de admirar la facilidad con que la risa brota de esos labios delicados, la manera en que el sol le baña la piel como si hubiera nacido para estar envuelta en luz. Es como si burbujeara alegría, como si la emanara con cada grito de entusiasmo y cada adorable parloteo. Y los pensamientos se me van detrás de ella, y mi corazón los sigue.

Y creo que he admirado cada centímetro de Adena.

—Tengo una cosa para ti.

Firma la frase con una risita incómoda y embriagadora a la vez. Me apoyo sobre los codos y formulo un deseo.

—Espero que sea una cama.

—¡No! —responde con demasiada alegría—. Es mucho mejor. Espero.

—Pocas cosas me parecen tan apetecibles como dormir toda la noche. —Alzo la vista hacia ella. Está nerviosa, no para de moverse y sacudir las piernas—. Pero, bueno, haz lo que puedas.

Tiene una expresión de angustia terrible en la cara.

—¡Es que ahora no me atrevo! —Levanta una mano—. No, olvídalo. Ahora no te lo puedo dar. No está terminado.

—Por la plaga, ¿qué hice? —mascullo—. Vamos, Dena, deja que lo vea. Seguro que es... fabuloso, o cualquier otra palabra linda de esas que dices todo el rato.

Cierra los ojos y respira hondo. Pero qué teatral llega a ser.

—Okey, okey. —Abre los ojos con repentina decisión—. En el tiempo que tengo libre en el castillo he estado trabajando en una cosa. Me he fijado en que no tienes nada para llevar los cuchillos. Así queeeeee...

—arrastra la palabra— pensé que no hay nadie más cualificado que yo para resolver el problema. A ver, yo le hice el chaleco a Pae, y le ha resultado muy valioso en su profesión de ladrona...

—El número total de palabras que dices al día es asombroso.

—... porque el diseño es único, adaptado a sus necesidades —termina sin dejar que mi interrupción la distraiga—. Así que te hice una cosa a ti.

Tengo que asentir varias veces para alentarla, pero al final saca algo de una bolsa de tela que tiene al lado. Extiende los brazos para mostrármelo y paseo la mirada por el tejido grueso, combinado con el cuero blanco que utilizó para hacerme la máscara de imperial.

Parpadeo y contemplo con asombro el maravilloso cinturón para armas que tengo ante mí, con fundas individuales de diferentes tamaños para cada uno de mis cuchillos. Acaricio los parches de cuero con las yemas de los dedos, palpo cada puntada cuidadosa, cada zona de tejido resistente.

Siento sus ojos clavados en mí mientras me incorporo y, con delicadeza, tomo el regalo de sus manos.

—¿Te...? —Se interrumpe y vuelve a empezar la frase con una sonrisa—. ¿Te gusta? Puedo prolongar la funda de cada cuchillo si quieres. No sabía cómo las querías de largas…

—No. —Mi voz es tranquila, firme—. No, las quiero exactamente así. Es perfecto.

—¿De verdad? —exclama titubeante, y la cara se le ilumina—. ¿Mejor que una cama?

La miro, y me permito compartir la sonrisa que le reservo solo a ella.

—Mucho mejor que una cama.

Da palmaditas, cosa que ya no me sorprende. Ya no me amarga su alegría. Me siento afortunado solo por presenciarla.

—¡Qué bien! —Suspira de alivio. Nota que no hago nada, solo mirar el cinturón, y agita una mano con insistencia—. ¡Vamos! ¡Póntelo!

Obedezco sin discutir y me rodeo las caderas con el cinturón. Queda bajo, con lo que me permite un acceso fácil a los cuchillos con los que pronto lo llenaré.

Sacudo la cabeza, incrédulo.

—Es la primera cosa que me regalan, pero no me cabe duda de que nada podría ser mejor.

—Dicho así, parece un desafío —señala con su sonrisa habitual—. El próximo regalo tendrá que ser aún más espectacular.

La miro con gesto severo.

—No habrá más regalos.

Verla fruncir el ceño me habría dolido si no fuera por un motivo tan ridículo.

—¿Por qué no?

Me inclino hacia ella y veo cómo abre mucho los ojos ante la repentina proximidad.

—Porque sé lo mucho que te vas a disgustar cuando nada pueda compararse con esto.

Se enrosca un rizo en torno al dedo, en un gesto distraído que le veo muy a menudo.

—Ya lo veremos.

—Dena —digo en voz baja, y aun así gira la cabeza bruscamente—. Gracias.

Esboza una sonrisa triste.

—Siento ser la primera que te hace un regalo.

—Yo no lo siento. —Las palabras me salen sin pensar—. Habría esperado diecinueve años más si fuera necesario para que fueras el primer recuerdo bonito que tenga.

Los ojos color avellana se clavan en los míos.

—Te mereces más de un recuerdo bonito.

—Menos mal que pienso tenerte cerca para eso.

Me sonríe y su sonrisa parece iluminar la oscuridad del callejón.

—Me encantaría, Mak.

Casi no ha terminado de decirlo cuando no puede contener un bostezo. Arqueo una ceja.

—¿Cansada?

—Agotada —dice con otro bostezo—. Bajar caminando desde el castillo es buen ejercicio.

Suelto un bufido.

—Sí, recuérdame que incluya resistencia en tu entrenamiento.

Deja escapar un gemido y me dirige una mirada suplicante.

—¿En qué consistirá?

Me encojo de hombros.

—Aún no lo sé. Igual en correr un poco por la calle. O en esquivar a un niño o dos. —Esbozo un atisbo de sonrisa—. A ver si así te cansas y baja un poco el recuento de palabras por las noches.

Se cruza de brazos con gesto defensivo, con el tono más defensivo aún.

—Igual mi recuento de palabras y yo nos deberíamos ir a donde alguien nos valore.

—Dulzura, te aseguro que se les valora. Incluso se les admira.

Traga saliva con timidez.

—¿Por eso casi ni me miras mientras hablo?

Niego con la cabeza, exasperado.

—Si te mirara mientras hablas, no te garantizo que pudiera escuchar lo que dices, Dena.

—Ah. —Hace una larga pausa mientras lo medita—. Entiendo.

Las sombras son cada vez más densas, pero aun así veo que se ha azorado. Carraspea más de la cuenta y al final se tiende en la alfombra basta. Se tapa con todas las cobijas y restos de tela y se envuelve en los tejidos.

Una mano aparece entre las ropas y da unas palmaditas en el espacio que hay junto a ella.

—Acuéstate —insiste—. Vamos, comparto las cobijas contigo.

Me pongo rígido.

—Noté que algo se movía bajo la alfombra.

—¡Ay, qué calorcito más rico! —canturrea pese a mi preocupación.

—Eso, quédate ahí, así el bicho se quedará también abajo, contigo.

Pero, sin darme ocasión a escapar, me jala por el cinturón de las armas; sin saber cómo, me encuentro acostado junto a ella, en una postura de lo más incómoda.

—¿Ves? ¿Verdad que no es tan malo? —Oigo la sonrisa en su voz, pero no se la pienso devolver.

—Claro, sobre todo si te gusta dormir con los nervios de punta.

Se mueve para acercarse más a mí y presiona un hombro desnudo contra el mío, cubierto por una camisa fina. Su calor me caldea, me sube hasta las mejillas. La noto delicada a mi lado y me cuesta resistir la tentación de rodearla con un brazo protector.

—Yo cuento las estrellas para dormirme —dice en voz baja. Me giro hacia ella y veo el perfil de su rostro mientras mira el cielo. Cada palabra que sale de sus labios delicados está teñida de admiración—. Siempre me he preguntado cómo es posible que algo brille tanto cuando está en medio de la oscuridad.

Recorro con la mirada sus rasgos delimitados por las sombras.

—Yo también me lo pregunto.

—Ojalá sepan cuánto las admiramos —murmuro—. Yo las cuento todas las noches, en la cama.

Sacudo la cabeza, incapaz de comprender por qué admira algo mucho menos luminoso que ella.

—Estoy seguro de que hasta las estrellas te envidian.

Se gira hacia mí y aparta los ojos del cielo para clavarlos en los míos.

—¿Qué?

—Das envidia a las estrellas —repito en voz baja, y me acerco a ella—. Porque algún día, dentro de mucho tiempo, estarás ahí arriba, entre ellas, y brillarás más que ninguna.

No sé qué tiene esta chica para hacerme hablar de pronto como un poeta, pero si algo he aprendido de ella es a no ocultar lo que siento. Aunque eso me lleve a reconocer cosas que no debería.

Noto su respiración acelerada, casi oigo sus pensamientos al galope. Cada centímetro de su cuerpo se ha tensado contra mí y, cuando le rozo los nudillos con los míos, se le corta el aliento.

—¿Estarás ahí arriba, a mi lado? —me pregunta al final, con la voz entrecortada.

—Ojalá tenga esa suerte.

—Prométemelo —murmura, insistente—. No quiero estar sola.

Le acaricio el pelo al asentir.

—Te lo prometo, Dena.

CAPÍTULO 16
Adena

—Ya tengo el siguiente regalo para ti.

Me dejo caer sentada en su cama con la sorpresa a la espalda y veo cómo viene hacia mí a zancadas. Tiene las manos llenas de ceniza que le sube hasta los brazos. Le miro los mechones de pelo negro que le caen sobre la cara, la camisa que se le pega al cuerpo. Trago saliva, pero consigo sonrojarme solo un poquito.

Llega a mi lado en pocas zancadas con sus piernas largas.

—¿No habíamos decidido que se acabaron los regalos? Por tu propio bien.

—No, lo habías decidido tú. —Me encojo de hombros—. Yo decidí tratar de superar el anterior.

—Quiero que sepas que tengo miedo, y con razón.

—¡No es nada malo, te lo juro! —Doy una palmada en el colchón, a mi lado—. Ven, siéntate.

La cama gime cuando se deja caer sin prisa.

—Ahora —sigo muy despacio—, cierra los ojos.

Suspira, pero obedece.

—Sí. Mucho miedo.

No le hago caso, alzo el regalo entre nosotros y extiendo los brazos.

—¡Vamos, ábrelos!

Los abre una rendija para asegurarse de que no hay peligro y luego lo hace del todo. A continuación abre también la boca, asombrado.

—No es como el chaleco que le hice a Pae —me apresuro a aclarar—. Para empezar, es negro, no verde. Pensé que ese color te quedaba mejor. —Se lo pongo con cuidado en el brazo y le señalo los bolsillos. —Los tuyos tienen forro de ese cuero que me sobró para que puedas llevar algún cuchillo sin miedo a picarte.

Veo que sacude la cabeza mientras pasa los dedos sucios por cada costura.

—¿Cómo eres tan buena?

—Bueno, mi mamá me enseñó a coser en línea recta con los ojos cerrados. Lo de los bolsillos lo tuve que practicar, pero…

—No —me interrumpe con una risa amable—. Tú. ¿Cómo puede una persona ser tan buena?

No puedo contener una sonrisa tímida.

—No es difícil si llevas toda la vida practicando.

Me está mirando como hace a menudo, como si me viera por primera vez, como si acabara de descubrir algo completamente nuevo. Es una mirada que me hace sentir como si fuera lo único que ha captado su atención en la vida.

Aparta la vista demasiado pronto. Recorre el tejido con los dedos y se detiene al palpar un bolsillo.

—¿Qué es esto?

Sonrío con timidez.

—Es que te dejé un mensaje.

Me mira por un momento antes de recorrer con los ojos el bordado en hilo púrpura. Nunca se me ha dado bien la caligrafía, pero la letra es cursiva y nítida, por lo menos se lee bien.

—Te veré en el cielo —susurra al pasar el dedo por la frase y las estrellas bordadas con que la adorné. Se le acentúa la sonrisa—. Es un poco ominoso, ¿no?

—Si lo piensas con cariño, no —me limito a decir.

—Eres un bicho raro, Dena.

Sonrío tanto que me duelen las mejillas.

—Vaya, muchas gracias.

—No. —De pronto se ha puesto serio—. Gracias a ti, dulzura. Me encantará usarlo.

Nos miramos a los ojos hasta que, por fin, me animo a hacerle la pregunta.

—¿Por qué me llamas así? —Arquea la ceja y me apresuro a explicarme—. Dulzura.

—¿No es evidente? —Se encoge de hombros con fingida indiferencia—. Eres lo que comes.

Me deja sin palabras, cosa que aprovecha para seguir. Pero solo después de acercarse más, de llenarme de calor con el contacto de su cuerpo. Me parece que dejo de respirar cuando levanta las manos muy despacio hacia mi rostro.

Veo cómo traga saliva cuando me aparta el flequillo de los ojos, me roza la piel con las yemas de los dedos. Su aliento me agita el pelo y hace que me revoloteen mariposas en el estómago, que se me humedezcan las palmas de las manos sobre el regazo. Me pasa los nudillos por la mejilla y estoy tan embelesada que ni me planteo si me ha dejado un rastro de ceniza por la piel. Y, cuando habla, habría jurado que se dirige a mi alma.

—Eres la cosa más dulce que he probado jamás. —Otra caricia con los nudillos—. Y nunca ha habido nada que me gustara tanto.

«Mierda».

Nunca digo palabrotas, pero la situación actual lo exige. Quiero gritar, pasar por debajo de su brazo, salir corriendo y no parar hasta las Brasas. Pero estoy clavada en el lugar, hundida en unos sentimientos que hasta este mismo momento no sabía si eran recíprocos.

Y me resulta aterrador.

Nunca he sido de nadie. Y no tengo ni idea de cómo serlo.

Tengo tanto miedo de hacerlo mal que se me pasa por la cabeza no intentarlo.

Lo que siente por mí era hasta ahora un sueño, una ilusión. El «nosotros» era una fantasía que me inventé en la cabeza durante semanas sin saber si se haría realidad. Y ahora que lo es...

—¡Por la plaga, este flequillo! —Salto para apartarme de su contacto tentador y me río, nerviosa—. No para de metérseme en los ojos, ¡me está volviendo loca!

Parpadea como si tratara de interpretar el arranque repentino. Me abanico con una mano el rostro acalorado.

—Pae siempre me corta el flequillo, por eso lo tengo tan desigual. Bueno, ella dice que es porque me muevo mientras me lo corta, pero no estoy de acuerdo. Lo que pasa es que últimamente ha estado muy ocupada, así que ahora lo llevo muy largo y se me mete en los ojos...

—Yo te lo cortaré.

Me sobresalto tanto que me quedo en silencio varios segundos.

—¿No..., no te importaría?

Suelta un bufido, pero cariñoso.

—Por ti he practicado los saltos. Esto no es nada.

Antes de que me dé tiempo a tartamudear una respuesta, se levanta y rebusca en un armario. Luego vuelve a donde estoy con unas tijeras viejas en la mano. Se sienta en el colchón a mi lado y me las pone ante la cara.

Me echo atrás con una risa nerviosa.

—Okey, eh... ¿Lo has hecho alguna vez?

—¿Qué? ¿Cortar el pelo? No —dice con indiferencia—. Pero tengo experiencia cortando cosas.

—Ah, qué bien.

Me muevo, inquieta, cuando me acerca las tijeras.

—Si no paras te las voy a clavar en un ojo. —Me ve la expresión de espanto—. Pero no será adrede —se apresura a añadir.

—Okey, okey. —Respiro hondo—. Estoy tranquila y no tengo ni pizca de miedo.

—Suenas convincente. Bien —dice con entusiasmo sarcástico.

El primer tijeretazo hace que me muerda la lengua. Al tercero no puedo contener la risa. Suelta un suspiro.

—¿Qué pasa ahora?

—Nada. —Resoplo—. Que me haces cosquillas.

—Paedyn tenía razón. Si llevas el flequillo desigual es por tu culpa.

Me cruzo de brazos y trato de permanecer inmóvil.

—Quizás es que me gusta un poco desigual. Tiene más personalidad.

—No te hace ni pizca de falta.

Da un último tijeretazo y el pelo cae con el resto a mi regazo. Recojo los rizos cortados para despedirme de ellos como si el filo les hubiera causado dolor.

Cuando vuelvo a alzar la vista hacia él, levanta la mano muy despacio para darme tiempo de apartarme si quiero. Pero me quedo quieta y le dejo que meta los dedos en el flequillo recién cortado.

—¿Sigue desigual? —pregunto en voz baja.

Asiente y esboza una sonrisa.

—Si inclinas la cabeza, no se nota.

El dolor que tenía en la mirada se ha ido mitigando con los días, y ahora, cuando lo miro, veo aceptación, resignación. Le devuelvo la sonrisa y señalo con un ademán su pelo brillante, los mechones que se le han escapado del listón.

—Bueno, no todos tenemos un pelo perfecto.

Se echa a reír y el sonido grave me hace estremecer.

—El pelo es lo menos perfecto que tengo. —Se señala el mechón plateado que destaca en el cabello negro—. Tengo este defecto que...

Se queda sin palabras cuando le acaricio los cabellos plateados. Sigo cada hebra, memorizo el tacto. Noto su respiración y cómo se acerca a mí centímetro a centímetro.

—A mí me parece perfecto —susurro con una sonrisa—. Es mi trocito de Pae.

Me agarra la cintura con la mano, con una firmeza que hace que me dé vueltas la cabeza. Y, justo cuando pienso que voy a entrar en combustión bajo su contacto, la mano me sube por la espalda y me atrae hacia él.

No quiero que el viaje hacia su pecho acabe nunca. Me rodea con el brazo y se inclina hacia adelante hasta que me roza la frente con la suya.

—Y tú eres mi trocito de perfección —susurra.

Se me acelera el corazón ante sus palabras, ante la presión de su brazo, ante el roce de sus dedos.

Toda mi vida he deseado ser querida. Y aquí está él ahora, suplicando que lo deje entrar.

Me aparto lo justo para mirarlo a los ojos y los veo llenos de adoración. Respiro hondo, me concentro en él y todos los temores se esfuman. Me olvido de todas las expectativas y me limito a ser.

Mak es mi fantasía. Esto es mi realidad.

Y las dudas desaparecen.

Y lo beso.

Le agarro la cara entre las manos, con los dedos abiertos sobre los pómulos orgullosos. Es un beso ligero. Inocente y dulce. Me lo devuelve con delicadeza mientras me abraza, protector. Noto sus labios suaves, tiernos, cálidos contra los míos.

Retrocedo un poco y lo miro a través del flequillo que me acaba de cortar. Tiene los ojos clavados en mis labios, sigue su contorno con la mirada. Eso hace que el corazón se me acelere, que mi mente susurre ideas que hasta ahora no había tenido valor para plantearme.

Me flexiona la mano contra la espalda y tomo aire, temblorosa.

—Esto… Esto no se me da bien, Mak —tartamudeo con la respiración entrecortada—. No estoy acostumbrada a que los chicos que me gustan hablen conmigo, y ya ni te cuento a que me toquen…

—¿Te puedes callar el tiempo justo para que te bese como debe ser?

Él también tiene la respiración entrecortada y los ojos clavados en mis labios.

—Eh… —Trago saliva y me inclino hacia él—. Es que voy con retraso para el recuento de palabras del…

Sus labios chocan contra los míos.

Este beso es todo lo contrario del primero que compartimos. Mete los dedos entre mi pelo, me agarra el cuello. Es profundo, es intenso, es todo lo que he soñado siempre.

Baja el brazo para rodearme la cintura y me atrae hacia él con tanta fuerza que me pregunto si notará cómo me palpita el corazón. Y, antes de que mi cerebro racional reaccione, paso la pierna por encima de la suya y me siento en su regazo.

Mak hace algo en ese momento, algo mucho más íntimo que cualquier beso o cualquier contacto: se aparta lo suficiente para que le vea la sonrisa.

Una sonrisa amplia, luminosa, bella.

—¿Es para mí? —pregunto sin aliento, con los ojos clavados en esa sonrisa.

—Todas lo son —susurra.

Lo beso con ferocidad. Lo beso como he fantaseado con besar a alguien toda mi vida. Lo beso como si fuera el final de un cuento de hadas.

Una mano encallecida me toca el rostro mientras que la otra me acaricia la espalda. Mueve los labios contra los míos para respirar mi aliento. Y se lo permito de buena gana. Quiero ser algo más que una parte de su perfección. Quiero llenarlo por completo, abarrotarlo con mis sentimientos hasta que se sacie de ellos.

Le daría todo lo que soy si me lo pidiera.

Me aparto, jadeante.

Mak hace lo mismo y apoya la frente contra la mía. La confesión me sube por la garganta y se abre camino entre mis labios sellados.

—Me estoy lanzando de cabeza por ti, Mak.

Me acaricia la mejilla con el pulgar.

—¿Que te estás lanzando de cabeza…?

Asiento con la respiración entrecortada.

—Yo no me enamoro de nadie, yo me lanzo de cabeza, sin control, hasta que me pego un golpe contra el suelo.

Sonríe con gentileza, un gesto que da ternura a sus rasgos firmes. Me mira a la cara mientras me recoge un rizo extraviado detrás de la oreja.

—Lánzate, Dena, yo te recogeré. Pero me temo que nos estamos lanzando juntos.

Parpadeo y sonrío de oreja a oreja.

—¿De verdad?

Asiente muy despacio.

—De verdad.

Aprieto los labios para tratar de ocultar la alegría embriagadora. No lo consigo, así que los presiono contra los suyos en un beso. Me cuesta un mundo apartarme de él tras largos largos segundos.

—Esta noche tengo que volver al castillo. —La risa me corta la frase cuando me rodea la cintura con los brazos y se vuelve a apoderar de mis labios. Río contra su boca, casi incapaz de seguir hablando—. Aún tengo que terminar…

Otro beso me interrumpe.

—… el vestido de Pae para…

Esta vez soy yo la que inicia el beso.

—… el baile de mañana —termino con una sonrisa embriagada.

Consigo bajarme de su regazo antes de que pueda detenerme. Me echo al hombro a toda prisa la bolsa de tela y voy hacia la puerta. Mak me pisa los talones y me abraza por la espalda.

Coloco las manos sobre las suyas que me rodean la cintura y me echo a reír.

—¡Estaba en lo cierto! —exclamo, alegre—. No eres tan gruñón como aparentas.

Siento que se yergue detrás de mí.

—Sí, carajo, ¿qué me has hecho?

Me doy la vuelta hacia él entre risas.

—Nos veremos mañana por la noche. —Le señalo con un dedo la cara—. En el Fuerte, ¿recuerdas?

—Ah, así que no voy a dormir. —Sonríe con sarcasmo—. Me muero de ganas.

Pongo los ojos en blanco y me alzo sobre los dedos de los pies para darle un beso en la mejilla. Me sonríe con dulzura. Su exterior frío se disuelve por momentos.

De pronto se levanta el dobladillo de la camisa y me lo lleva hacia la cara, y abro la boca para preguntar qué hace, pero no me da tiempo.

—Tienes ceniza en la cara. Puede que sea culpa mía.

Le sonrío mientras termina de limpiarme la piel. Luego, le doy un beso de despedida, delicado, dulce.

—Te veré pronto —susurro.

—Cuento los minutos, Dena.

CAPÍTULO 17

Adena

Tengo los brazos envueltos en oscuridad.

El tejido negro se me derrama de las manos mientras corro por la sala de costura. Miro el vestido y sonrío, incapaz de contener la alegría que me causa verlo.

Es mi obra más bella hasta la fecha y no se me ocurre una persona más hermosa que la pueda lucir y le haga justicia.

Los salones están abarrotados de gente, todos se preparan para el último baile, que está muy cerca. Me lo recuerdo y acelero el paso, aunque tengo que esquivar una fila de imperiales que van hacia el salón de baile.

No estuve en el palacio durante el primer baile, ni durante el segundo, porque me escabullí para ver a Mak en el Fuerte. Pero me enteré del ataque, claro. Desde entonces, el número de imperiales se ha incrementado. Sé que lo hacen por nuestra seguridad, pero no puedo reprimir un escalofrío.

La alfombra mullida amortigua mis pasos y me distraigo con esa sensación. No puedo ni imaginarme lo difícil que sería despertar a Pae si la alfombra del Fuerte fuera así de blanda. Pero, si consigue ganar estas Pruebas, lo primero que vamos a comprar es algo así de...

Choco de frente contra alguien muy sólido.

Alzo la vista del suelo y me encuentro con una mirada tan distraída como la mía. Son unos ojos grises, tormentosos, y, que la plaga me ayude, son del príncipe Kai.

Hago una reverencia como puedo y aprieto con fuerza el vestido de seda contra mi pecho para que no se me caiga de las manos sudorosas.

—¡Príncipe Kai! No te había visto. Esta alfombra me distrajo...

Para variar, cierro la boca a tiempo antes de empeorar más las cosas. Cuando por fin me atrevo a alzar la vista de la amplia camisa negra me encuentro con una expresión de diversión en su rostro.

«Por la plaga, qué guapo es».

Espero que no se dé cuenta de que estoy sacudiendo la cabeza para quitarme esa idea de la mente. Porque yo ya tengo un chico muy guapo. Aunque he de reconocer que Pae es una mujer con suerte.

Esboza una sonrisa.

—Tú debes de ser Adena.

—¿Sí? —respondo tan confundida que lo digo como si fuera una pregunta—. ¿Cómo lo su...? —Me aparto a un lado para dejar paso a un criado que va con prisa—. ¿Cómo lo sabes?

—Bueno, en todo el castillo no hay más que una chica tan osada como para no vestir de verde en el baile de esta noche. —Clava los ojos grises en la tela que llevo en los brazos—. Así que tú debes de ser la costurera de Saqueo.

Parpadeo y lo miro.

—Hum, ah, pues sí. —Sonrío—. ¡Eres muy observador! —añado.

Hace un ademán en dirección al tejido.

—He pasado mucho tiempo con tu amiga, la mental.

Me muerdo la lengua.

Es muy raro saber algo que todo el mundo ignora. Pero consigo sonreír, honrada por ser partícipe del secreto de Pae.

—Sí, ya lo sé. —Abro mucho los ojos—. ¡Quiero decir, alteza, que es genial, me alegro!

Otra vez ese atisbo de sonrisa.

—Así que esta noche va a ir de negro.

Miro el vestido.

—Claro. Y no me cabe duda de que estará deslumbrante.

—A mí tampoco —asiente—. Todo el mundo se fijará en ella, por supuesto. Pero no es novedad.

Lo miro con atención y elijo las palabras con cuidado. Para variar.

—¿No te parece mal que no vaya de verde?

Responde sin pensar.

—Claro que no. No quiero que pase desapercibida.

Una sonrisa me asoma a los labios al tiempo que observo al futuro ejecutor. Desde luego, no es como su hermano. No, Kai prefiere que Paedyn destaque. Que llame la atención.

Y, así, sin más, he decidido qué príncipe guapo es mi favorito. Kai es el que está destinado para Paedyn, por trágica que sea su historia compartida, por diferentes que sean los papeles que les han correspondido en esta vida. Tal vez las cosas sean distintas en la otra.

—Me alegro —digo en voz baja.

Se está arremangando la camisa sin prestar atención.

—¿Qué te tenía tan distraída?

—¿Perdón?

Señala hacia el suelo.

—La alfombra.

—¡Ah! —Me encojo de hombros y busco las palabras más adecuadas—. Estaba tratando de memorizar el tacto para que Pae y yo busquemos una así de mullida para nuestro Fuerte.

Detecto una emoción que le cruza el rostro, pero no sé descifrarla. Las pestañas oscuras que le sombrean los ojos se agitan y, por un momento, creo que va a decir algo. Pero se aparta un paso para poner fin a la conversación.

—Espero que consigas esa alfombra —dice con un breve movimiento de la cabeza. Se da la vuelta, pero mira atrás con una sonrisa burlona—. Llegarás a su habitación mucho antes si atraviesas en fase la pared. Te lo digo yo, lo he hecho muchas veces.

Y, sin más, el ejecutor se aleja por el pasillo abarrotado mientras los imperiales le abren paso.

Me le quedo mirando, desconcertada. De pronto me cuesta tragar saliva.

¿Cómo pude olvidarme de lo que es?

Acabo de conocer a alguien como Mak. Al hombre que lo mataría sin pensarlo dos veces. Solo porque tienen el mismo poder. Aunque el príncipe lo usa sin pensar, todo lo contrario que el portador que se esconde en Saqueo. Los dos son muy parecidos, imponentes cada uno a su manera.

Sacudo la cabeza y echo a andar de nuevo por el pasillo bullicioso, pero me detengo en seco al ver la pared que tengo delante.

«Puedo seguir su consejo».

Salgo por el otro lado de la pared y me encuentro a pocos pasos de su dormitorio. Suspiro de alivio cuando, por fin, abro la puerta.

—¡Espero que estés preparada para todas las miradas que vas a atraer con este vestido, Pae!

Se asoma por un lado del biombo del vestidor, sacudiendo la melena plateada.

—Espero que sea una exageración.

Camino apresurada hacia donde está y me encuentro con Ellie, exasperada ante la cantidad de pelo a la que se enfrenta. Pero es un problema recurrente que a mí no me afecta.

Sacudo el vestido para estirarlo y lo presento ante ella.

—Ya me lo dirás tú —digo con una sonrisa un poco vanidosa—. Esto atraerá la atención hasta de la familia real. Sobre todo, la de cierto príncipe.

Pae contempla con asombro el vestido, lo recorre con los ojos delineados de negro.

—Eso me temo.

—¡Perfecto! —Me encojo de hombros, satisfecha—. Entonces, misión cumplida.

—Adena... —Pae suelta un gruñido aunque su gesto de admiración es evidente—, puede que hayas ido más allá del deber.

—¿Por qué? ¿Te da miedo que ese cierto príncipe caiga de rodillas ante ti al verte? —digo, soñadora.

Se pone roja y se cruza de brazos.

—No sé de qué hablas, A.

Me doy unos golpecitos en los labios con el dedo.

—Hum. Bueno, empieza por K...

—Y acaba en I —me apoya Ellie.

Se me ilumina la cara.

—¡Ah, y a lo mejor acabo de hablar con él en el pasillo!

Se gira hacia mí tan deprisa que casi me mete en la boca el pelo plateado.

—No te habrás atrevido.

Sonrío con total inocencia.

—Pues sí.

—¿De qué tenían que hablar? —bufa, exasperada.

—A ver, deja que piense. ¿Qué intereses en común tenemos el príncipe y yo? —Sonrío, traviesa—. Ah, sí, claro. ¡Tú!

Ellie se ríe con disimulo y Paedyn ahoga un gemido.

—Por la plaga, igual es mejor que no lo sepa.

—Bueno, te haré un resumen. —Sigo sin hacerle caso—. Coincide conmigo en que esta noche vas a estar espectacular. Y sin duda querrá bailar contigo.

Aprieto los labios. Kai no lo dijo exactamente así, pero no hace falta que Pae se entere. Además, estoy segura de que es verdad.

Pae suspira sin dejar de dar vueltas al anillo que lleva en el dedo.

—No me lo recuerdes.

Frunzo el ceño.

—¿Ha pasado algo?

Suelta una carcajada carente de humor.

—Han pasado demasiadas cosas.

La ayudo a quitarse la ropa para que se ponga el vestido.

—¡Vamos, cuenta! —insisto, deseosa de saber hasta el último detalle.

Desliza los brazos por las delicadas mangas.

—¿Te importa si lo dejamos para después de la Prueba? —Tiene voz de cansancio—. Aún estoy tratando de asimilarlo.

Le ayudo a cerrarse el corsé.

—Claro, Pae. Es mejor que te concentres en la Prueba.

Lo digo para calmar la sensación de culpa. Aún no le he hablado de Mak ni de cada momento que he pasado con él. Sabe de mi tendencia a lanzarme de cabeza, y va a ser la última en enterarse.

—Gracias, A. —Paedyn me sonríe y parece aliviada.

—No me des las gracias todavía. —Le indico que se dé la vuelta—. Aún no te he apretado el corsé.

—Por la plaga —mascula—. Si este vestido no fuera tan bonito, te suplicaría que no me obligaras a llevarlo.

—Ay, vamos —bromeo—. Si te encanta ponerte guapa, aunque no lo reconozcas. ¿Verdad, Ellie?

—Bueno… —titubea Ellie—. La verdad es que parece que te gusta.

El bufido de Pae se corta en seco cuando jalo los cordones del corsé.

—Lo que no me gusta es no poder respirar.

—Pero estás que cortas la respiración. —Trato de contener la risa—. Literalmente.

—Diría que estás disfrutando más de la cuenta. —Se atraganta.

—Puede que sea mi última ocasión de ponerte guapa. —Aprieto los cordones y a Pae se le escapa un gruñido—. ¡La voy a aprovechar a fondo!

Cuando me canso de escuchar sus súplicas, ato por fin los cordones del corsé y hago que se dé la vuelta para admirar mi obra. Buena parte del corpiño es de encaje, con lo que se ve la piel bronceada bajo las cuentas que lo adornan con dibujos de volutas. Las mangas son exquisitas y solo sirven de adorno, porque no le sostienen el vestido, sino que le caen sobre los hombros.

Se me van los ojos hacia la falda con aberturas a los dos lados. En ese momento, Paedyn aparta el tejido para ceñirse el puñal de plata al muslo. Luego, se yergue para que Ellie y yo la inspeccionemos.

—Bueno, ¿qué tal?

—Estás preciosa, Paedyn —dice Ellie con una sonrisa.

La visión que tengo delante hace que se me llenen los ojos de lágrimas.

—Pareces peligrosa. Pero de una manera muy elegante.

El comentario la derrite.

—Es el mejor cumplido que me han hecho jamás.

Ellie suspira.

—Pronto tendrás que ir al salón de baile y aún no sé cómo peinarte.

—Algo sencillo —sugiero—. ¿Qué tal un chongo? Que deje ver los hombros.

Ellie asiente y le ata el pelo en un chongo suelto en la nuca, dejando unos cuantos mechones que le caigan sobre la cara. Al ver cómo le queda, doy palmadas de alegría.

—¡Qué maravilla! ¡Anda, vete, que llegas tarde!

Paedyn se echa a reír, me agarra las manos y me las aprieta.

—Gracias, A. No tengo palabras para decirte lo mucho que me gustan todos los vestidos que me has hecho.

—Sabía que te iban a encantar —digo con picardía—. Igual que yo.

—Igual que tú, claro. —Sonríe.

La sonrisa se me borra y me pongo mucho más seria.

—Prométeme que volverás después de esta Prueba.

—Te prometo que voy a poner todo de mi parte —me asegura—. Una Prueba más y soy libre. Somos libres.

Se me escapa una sonrisa.

—¡Ahí estaré animándote, Pae! —Nos miramos un largo momento. Al final, la empiezo a empujar hacia la puerta—. ¡Vamos, corre, ve a bailar con tu príncipe!

—¡No si puedo evitarlo! —replica, y voltea para sonreírme antes de desaparecer pasillo abajo.

En cuanto se pierde de vista, Ellie se gira hacia mí.

—¿Te vas a ver a tu chico?

Sonrío de oreja a oreja.

—No lo dudes. —Agarro la bolsa de tela y voy hacia la puerta con una sonrisa de anticipación—. Volveré mañana a tiempo para la Prueba, no te preocupes. Aunque no sé si tendré valor para mirar.

Me despido de Ellie, salgo al pasillo y tengo que contenerme para no dar saltos de emoción. Me muero por que empiece nuestra noche en el Fuerte y...

Alguien se cruza en mi camino.

Es un criado. Es joven y tímido y alza la vista hacia mí, inseguro.

—¡Oh! —exclamo—. Hola.

Pero no me responde con la misma cortesía. No, se limita a recitar una sola frase bien ensayada.

—El rey quiere hablar contigo esta noche.

CAPÍTULO 18
Makoto

Me siento feliz mientras camino hacia el Fuerte.

No recuerdo la última vez que fui tan feliz, ni siquiera con Hera.

Hera.

Me resulta extraño disfrutar de la vida cuando ella ya no está. La sigo llorando todos los días, de todas las maneras posibles. La veo en los rostros sonrientes que me cruzo por la calle, recuerdo los trucos de magia que hacían reír a los niños y fascinaban a los padres. La oigo cuando afilo una hoja, cómo me rogaba que la dejara probar a ella cuando éramos pequeños. La huelo en la lluvia, en la tormenta que se avecina.

Está a mi alrededor, pero invisible.

La lloro a solas. En silencio. Solo me abrí una noche, en brazos de Adena.

Pero la gente ya se ha olvidado de Hera. Solo es una víctima más de unas Pruebas que nunca tuvo la menor

oportunidad de ganar. Trato de no pensar qué parte de culpa tengo de su muerte con mi fracasado intento de salvarla.

Me duele demasiado. No quiero recordar que perdí su libertad. Nuestra libertad.

Y ahora yo tampoco puedo marcharme. Porque Adena está aquí.

Me abro camino por la calle abarrotada. Los tenderetes empiezan a cerrar. Oigo fragmentos de conversación mientras me dirijo hacia el callejón que tan bien conozco.

No puedo contener una sonrisa al ver la sarta colorida de banderines que se agitan como si me dieran la bienvenida. Es muy propio de ella. Reconfortante, inocente, dulce.

Pero su beso no lo fue, desde luego.

Bueno, tal vez sí, al principio. Pero, después, rivalizó con los míos.

Su manera de mover la boca contra la mía fue hipnótica. Si me hubiera pedido algo en aquel momento, lo habría hecho, fuera lo que fuere.

Salto por encima de la barrera y me dejo caer en el lado de la alfombra que me corresponde de manera temporal. Enseguida me siento sucio. Paedyn no debe temer que le quite el lugar de manera permanente.

Un pensamiento lleva a otro y me pregunto si Adena le habrá hablado de mí a su mejor amiga. La cosa se me escapa de las manos y empiezo a pensar qué le habrá contado de verdad acerca de mí. Acerca de mi poder. Y el reino entero habla y no para de lo unidos que están la contendiente y el futuro ejecutor durante las Pruebas. Solo haría falta un desliz para que el príncipe descubriera lo que soy…

Sacudo la cabeza para cortar un hilo de pensamientos cada vez más angustiosos. Dena me aseguró que sabe guardar un secreto. Pero no tengo pruebas que respalden esa afirmación.

Me acomodo en la alfombra y hago lo posible por no tocar nada. Espero con impaciencia la llegada de Adena y saco la cajita de uno de los muchos bolsillos del chaleco que me hizo. La tapa se desliza con facilidad para permitirme admirar el contenido.

La aguja es un poco más grande que las que se clava repetidamente en los dedos. Pese a la escasa luz, la plata resplandece. Me permite a duras penas distinguir el complejo diseño de medialunas grabadas a todo lo largo.

Nunca le había hecho un regalo a nadie. Al menos, no como este.

Lleno de afecto, entregado porque quiero, no por necesidad.

Y esa es la terrible verdad. La quiero.

¿Cómo dijo ella? ¿Que se había lanzado de cabeza por mí?

Contemplo la aguja y me muero de ganas de ver a Adena llegar al callejón, a mis brazos. Porque yo también he empezado a lanzarme de cabeza, y no hay manera de detener la caída.

Pasa el tiempo y el callejón queda sumido en la oscuridad. He vuelto a poner la tapa del regalo y lo he guardado en el bolsillo. Me pesan los párpados y me recuesto contra la sucia pared del callejón.

—¿Dónde se metió?

Sé que no se perdería nuestra noche en el Fuerte a no ser que fuera imprescindible. Seguro que ha estado muy ocupada con Paedyn. O tuvo que quedarse para ayudar en alguna emergencia de moda.

La sola idea me hace sonreír. Seguro que se la está pasando en grande diciendo a todo el mundo lo que se tienen que poner y cómo lucirlo.

Suspiro, flexiono las piernas y me levanto.

Estoy seguro de que tuvo que trabajar, y luego se disculpará mil veces por el crimen de hacer su trabajo. Yo le diré que me debe un beso. Puede que dos. Puede que una docena.

«Y, por el lado bueno, no tengo que dormir en el Fuerte».

Salgo a la calle desierta y echo a andar hacia el taller. Veo un cartel mal pegado en la pared y trato de leerlo en la oscuridad.

Como era de esperar, trata sobre la última Prueba, que tendrá lugar mañana. Pongo los ojos en blanco. Será un placer cuando acabe y falten cinco años antes de que vuelva la pesadilla de las Pruebas.

Leo a toda prisa el texto hasta llegar a la última frase, en el centro del cartel.

«La última Prueba de este año tendrá lugar en la Arena, a la vista de todos los que deseen presenciarla».

Cualquier otro año eso habría sido una tontería. Las Pruebas suelen ser en la Arena, ante el público. Pero este año las cosas han cambiado. Este año los contendientes no han competido allí.

Estoy a punto de pasar de largo cuando caigo en la cuenta de que alguien irá sin falta.

Adena.

Estará en esas gradas, viendo a su mejor amiga por las rendijas entre los dedos con los que se habrá tapado los ojos. Yo nunca me había atrevido a ir a la Arena para las Pruebas, pero es que nunca la había tenido a ella.

«Le daré una sorpresa. Me sentaré con ella para apoyarla».

Es peligroso, pero, por Dena...

La acompañaré de vuelta al Fuerte, y eso ya de por sí será una sorpresa. Luego, le daré el regalo que llevo en el bolsillo. Gritará de alegría y yo sonreiré solo por ella.

Doblo la esquina del callejón que lleva a mi taller con un atisbo de sonrisa en los labios.

Porque, por primera vez en mi vida, quiero ir a una Prueba.

CAPÍTULO 19
Adena

«Puede que nunca lo vuelva a ver».

«Puede que nunca vea de nuevo esa sonrisa que se le escapa cuando estamos juntos. Ese chaleco que lo ciñe con fuerza, que lo abraza como querría abrazarlo yo. Ese mechón de pelo plateado que me resulta tan reconfortante».

«Nunca veré si nos lanzamos juntos de cabeza, si nos enamoramos».

«Y lo peor es que nunca podré pedirle perdón por faltar a nuestra cita en el Fuerte».

Hace mucho frío en las mazmorras.

Era de esperar, claro. Aunque no había planeado experimentarlo en persona.

La pared húmeda que noto contra la espalda me hace desear haberme puesto un suéter cuando el rey

me convocó. O tal vez el saco con adornos de encaje. Aunque no querría estrenarlo en las mazmorras, donde solo algún que otro imperial podría admirarlo.

Cierro los ojos para protegerme de la luz solitaria que titila más allá de los barrotes. Apoyo la sien palpitante contra la pared de piedra. Mi estómago hace más ruido que nadie aquí abajo, me ruge cada vez más de hambre. Abro un ojo y miro en dirección al trozo de pan duro que han tirado a un rincón de mi celda. La sola idea de moverme me aterra, pero me muerdo la lengua y me acerco un poco. Los grilletes de los tobillos me desgarran la piel y se me llenan los ojos de lágrimas. El metal oxidado se me clava en la carne, me deja marcas de un rojo rabioso.

Con un gemido entrecortado, extiendo la mano hacia el pan.

Ya sé lo que voy a ver. Cierro los ojos con fuerza para retrasar lo inevitable, para fingir que todo esto es una pesadilla de la que Pae no tardará en despertarme. Porque siempre lo ha hecho. Siempre ha encontrado la manera de espantar mis temores, de ser fuerte por las dos. Notaré el contacto de sus dedos en el flequillo desigual que le pedí que me cortara, el roce consolador que basta para arrancarme de los malos sueños. Y luego nos sentaremos, le pondré la cabeza en el hombro y contemplaremos las estrellas hasta que el día las disuelva.

Pero esto no es el Fuerte. No hay estrellas a la vista ni un hombro en el que apoyar la cabeza dolorida. Estoy muy despierta y abro los ojos y...

Tengo que contener un sollozo al verme los dedos. Ojalá me hubieran atado las manos a la espalda. Al menos así no tendría que contemplarlos.

No sé por qué lo hicieron. Ni siquiera sé por qué me metieron aquí.

Grité cuando comenzaron a romperme los dedos, supliqué a pesar del dolor, les rogué que no me quitaran lo único que amaba hacer. Mis dedos son mi arte, mi consuelo, mi conexión con el pasado.

Y luego lloré.

Al principio fue un duelo silencioso. Las lágrimas me corrían por las mejillas, tenía los párpados apretados. Pero la compostura nunca ha sido lo mío, y pronto empecé a sollozar con el sonido de los huesos rotos, los sueños rotos.

Solo cuando empiezo a verme la mano borrosa me doy cuenta de que estoy llorando. Otra vez. Tengo la sensación de que no he hecho otra cosa desde que el rey me encerró aquí. ¿Y por qué fue? Eso aún no lo he podido averiguar. Aunque es verdad que he estado muy ocupada.

Sollozo y me estiro hacia el pan, y contengo un grito de dolor cuando las cadenas que llevo en los tobillos se tensan. El dolor es demasiado. Yo no soy como Pae. No estoy acostumbrada al sufrimiento. Estoy acostumbrada a pincharme en un dedo y a que se me cansen las manos, no a los golpes y los huesos rotos.

Suelto el aire y me dejo caer contra la pared.

No pasa nada, en serio. No es la primera vez que tengo hambre. De hecho, ni siquiera se me antoja el pan duro.

Mi estómago protesta. A gritos.

Estoy a punto de recordarle que hemos pasado periodos más largos sin comer, que no sea exagerado, cuando las sombras empiezan a hablar. Qué cosa tan rara.

—Menos ruido, oye. Estoy intentando dormir.

Me sobresalta la voz gruñona y entorno los ojos para ver en la celda.

—N-no he dicho nada. —La voz me sale ronca, áspera como un tejido basto.

—Ya —sigue el hombre—. Pero tu estómago no calla.

—Sí. —Suspiro—. Toda yo hablo demasiado. —Distingo la silueta vaga de una figura en un rincón de la celda contigua, el rincón más cercano a ese horroroso trozo de pan. Y puede que esté a su alcance—. Tengo una idea —digo, alegre—. Si me tiras ese trozo de pan, el estómago dejará de sonarme, y los dos podremos hacer lo que queremos: yo, comer, y tú, dormir.

Por lo visto le hace gracia. Eso suponiendo que el sonido que emite sea una risa.

—¿En serio? ¿Y qué te hace pensar que no me voy a quedar con el pan?

—Bueno… ¿Estás aquí por robar?

—No. Por algo peor.

—En ese caso, correré el riesgo —respondo con tono ligero—. Visto que no tienes experiencia en robos.

Vuelve a hacer ese ruido, el que quiero suponer que es una risa. Luego, se mueve para meter los dedos huesudos entre los barrotes y palpar en busca del pan. Consigue agarrarlo y me lo lanza con un gruñido. Llega hasta mí rodando y se detiene cuando choca contra mi pierna.

Sonrío a las sombras.

—¿Lo ves? No eres un ladrón. Gracias.

Vacilo al verme los dedos, retorcidos, rotos, inútiles. El dolor es paralizante.

Pongo la mano sobre el pan y me muerdo los labios al sentir la presión. Dejo pasar unos instantes, reúno valor y consigo sujetarlo entre las dos manos para intentar llevármelo a la boca. Me ruedan las lágrimas por las mejillas, pero le doy un mordisco. Luego, otro. Me lleno la boca de pan duro y lágrimas saladas.

—¿Qué hacías, niña? —me pregunta la voz por encima de los sollozos que trato de contener.

—Soy... —Sorbo por la nariz—. Soy costurera. E-era costurera. —Casi sonrío—. En Saqueo hace falta un poco de moda. Tenía un pequeño negocio. Mi mejor amiga... está en las Pruebas, ¿sabes? Bueno, no, claro. —Frunzo el ceño—. Cómo vas a saberlo encerrado aquí abajo. Pues mi amiga me conseguía la tela y yo cosía ropa. Y le daba a ella lo que quisiera, claro. Además, le diseñé un chaleco lleno de bolsillos, porque, bueno, digamos que ella sí tiene experiencia en robos...

—No, niña —me interrumpe molesto—. Vaya si hablas. No, que qué hacías para haber acabado aquí.

—Ah. Oh. Pues no tengo ni idea —digo, y trato de tragar un trozo de pan duro—. Bueno, una vez robé una cosa, y no me fue muy bien. Pae sigue sin entender cómo puedo robar tan mal, siendo fase. —Intento dar otro mordisco al pan—. Siempre dice que, si ella pudiera atravesar las paredes, sería imparable. Y muy rica.

—¿Así que te metieron aquí sin motivo? —Suelta una risotada—. No es que seas una vulgar ni nada así.

La sola idea de que este sea el destino de Paedyn hace que se me revuelva el estómago.

—No. No, soy élite. Aunque de poco me sirve aquí. —Miro las piedras que rodean las celdas y percibo el enmudecedor que asfixia mi poder para que no pueda entrar en fase y atravesar los barrotes.

—No sé qué te van a hacer. —De pronto se ha puesto serio.

—Bueno. —Alzo las manos para que me las vea—. No creo que sea nada mucho peor.

—Sí —dice con voz ronca—. Ya lo oí.

—Vaya, siento haberte despertado —digo. Se ríe, lo que me hace sonreír a mí también—. Buenooo. —Arrastro la palabra—. ¿Qué hiciste para acabar aquí?

Noto la mirada que me clava.

—Algo para merecérmelo. No como tú.

—La gente cambia —digo en voz baja.

—Yo no.

—No sé —añado con tono alegre—. Ayudar a una desconocida es el primer paso en el camino de la mejora personal.

No sé por qué, pero tengo la sensación de que sonríe.

—¿Cómo te llamas, niña?

—Soy Adena, pero mis amigos, bueno, una amiga, me llama A. —Su respuesta es un gruñido—. ¿Y tú?

—¿Para qué quieres saberlo? —Su tono es casi acusador.

Me encojo de hombros.

—No lo sé, quizá para tener otro amigo.

No sé por qué se ríe ante mi respuesta.

—No te interesa ser amiga mía, niña. Todos mis amigos acaban muertos.

—Entonces te hacen falta más amigos.

Otra risa.

—No te falta razón. Okey. Me llamo Al.

—¿Al? —repito—. ¿Es un diminutivo?

—No tengo ni idea. —Tose y está a punto de atragantarse—. No conocí a mis padres. Hasta donde me alcanza la memoria, siempre he estado solo.

—Hum.

Me quedo callada un largo momento y pienso que yo tampoco llegué a conocer a mi padre. El silencio parece incomodarlo y lo obliga a hablar.

—Y no tengo amigos que me llamen por un diminutivo.

—Bueno... —Sonrío en dirección a donde está—. Ahora ya tienes una amiga, A.

—¿A? ¿Así te llaman, niña?

—Así me llama Pae, sí. Tú, en cambio, se ve que prefieres llamarme «niña».

Se echa a reír. Es un sonido que ahora me hace sonreír.

—Eres especial, ¿lo sabías, niña? —Le tiro el resto del pan y veo cómo lo agarra con un titubeo—. Gracias, A. No...

Unas pisadas bruscas retumban entre las paredes del calabozo y no le dejan oír la respuesta.

La puerta de mi celda se abre de golpe y me veo rodeada por un enjambre de imperiales. Dos me han levantado del suelo sin hacer caso de los dedos rotos. Suelto un grito y trato de protegerme las manos, y...

De pronto me estoy ahogando con algo en la boca.

Me han amordazado con lo que parece una bola de algodón. Mis gritos quedan amortiguados mientras me sacan de la celda, hacia el pasillo. Estoy desesperada, con los ojos muy abiertos clavados en Al, al otro lado de los barrotes. Ahora distingo su rostro, lleno de arrugas y angustia. Asiente con la cabeza en mi dirección y se acurruca en el rincón.

Todos sus amigos acaban muertos. Empiezo a pensar que no voy a ser la excepción.

Aparta la vista de otra amiga que va a perder, se vuelve borroso cuando se me cierran los párpados.

Y luego...

Luego, nada.

Solo queda la negrura y un dolor cegador.

CAPÍTULO 20

Makoto

Hay una riada de gente que lleva a la Arena.

El sol me cae de plano sobre la cabeza y me empapa de sudor. Miro a mi alrededor, a los cientos de ilynos que llegan procedentes de todas partes. Nadie de los barrios bajos se quiere perder el resultado de la última Prueba.

Noto la presión de todos los poderes, me lastran. Sigo la corriente de cuerpos y me fundo con ellos para seguir el camino hacia el imponente estadio.

En otras circunstancias, el recorrido me habría llevado poco más de una hora. Pero, con tanta gente y su molesta capacidad para andar tan despacio como sea posible, tardo mucho más.

El sol brilla abrasador en lo más alto del cielo para cuando llegamos a uno de los muchos túneles que entran en la Arena. El suelo es de cemento frío, nada acogedor. Las conversaciones y las pisadas retumban en el

túnel en forma de arco que atravesamos antes de llegar al círculo elevado sobre el Pozo.

Las hileras de asientos suben hasta el cielo, ocupadas por cientos de élites que gritan y aplauden. El tamaño del estadio resulta intimidante, por no mencionar lo que se ve abajo, en el Pozo. Está ocupado por entero por un laberinto de setos amenazadores que rodean una zona despejada en el centro.

Me quedo allí mirando en todas direcciones mientras la gente pasa junto a mí hacia sus asientos. Solo entonces recuerdo que tengo que ir a ocupar el mío y sigo caminando.

—No basta con ser el primero en llegar al centro…

El origen de la voz retumbante está en un gran palco de cristal.

El rey.

Trago saliva y noto cómo los años de miedo me forman un nudo tenso en la garganta. Siempre había pensado que el día que viera al rey sería el día de mi muerte. Pero aún queda tiempo para eso.

—… también tendrá que matar a la persona que allí le aguarda —termina mientras mira hacia el Pozo, aunque el miedo irracional hace que me parezca que me está mirando a mí.

No me extraña nada lo que ha dicho. Está dispuesto a sacrificar a un criminal de las mazmorras para dar un buen espectáculo. Todo por poner otra barrera en el camino de los contendientes.

Dejo de escuchar el resto del discurso y me concentro en localizar a la persona que busco. Cientos de poderes me zumban en la sangre y me cuesta un verdadero esfuerzo suprimirlos mientras busco el suyo. No he tenido mucha ocasión de practicar la habilidad que poseo, porque he tenido que ocultarla toda mi vida. Me concentro en el primer fase que detecto a lo lejos.

Pero pierdo la concentración cuando empieza la Prueba, con una oleada de gritos y pies que patean el suelo. Veo correr a los contendientes entre la espesa vegetación, hacia el anillo central.

Cierro los ojos y vuelvo a concentrarme en esa habilidad de fase. Y esta vez, cuando noto el cosquilleo en la piel, me aferro a ella. Sigo el hilo de la sensación, registro las gradas con la mirada y bajo, sigo caminando hacia abajo. Se vuelve más fuerte con cada paso.

Y, de pronto, ya no.

Sigo notando el poder que me zumba bajo la piel, pero, por mucho que descienda, no me acerco, no lo siento con más fuerza.

Acabo por rodear toda la Arena mientras busco desesperado su sonrisa luminosa entre la gente. Tal vez unas manos que se agitan frenéticas al verme llegar.

Nada.

Me detengo de repente y me doy la vuelta. Estoy confundido y se me escapa un suspiro de frustración.

—¿Dónde demonios te has metido, Dena? —murmuro al tiempo que miro las gradas que se extienden a mi alrededor.

Tal vez me haya equivocado de fase. Tal vez no estoy siguiendo a mi Adena, sino a otra persona.

De modo que cierro los ojos de nuevo y me esfuerzo por concentrarme. Pero ese poder me resulta muy familiar, muy íntimo. Me atrae de tal manera que sé que solo puede ser ella.

Y me jala hacia la derecha.

Abro los ojos y me encuentro ante la barandilla del Pozo. Resoplo y sacudo la cabeza. Es obvio que estoy haciendo algo mal. Debe de ser el enmudecedor de las gradas, que también altera mi capacidad de percibir los poderes.

Vuelvo a tratar de dar con ella y me encuentro de nuevo mirando hacia la barandilla.

Escudriño el Pozo, el follaje, y miro las pantallas que muestran la acción. Un atisbo de pelo plateado me dice que la que muestran en este momento corriendo entre los setos es Paedyn.

Vuelvo a sentir el jalón.

Recorro la escena con la mirada hasta centrarme en el círculo de arena, en el centro.

Allí hay un cuerpo. Parece menudo y asustado. Esto es lógico.

«También tendrá que matar a la persona que allí le aguarda».

Ese debe de ser el desafortunado criminal que salió de las mazmorras para sufrir un destino aún peor.

Miro la figura y parpadeo.

Y se me seca la boca.

Tengo que agarrarme con fuerza a la barandilla para no caer, porque me fallan las rodillas.

Reconozco ese pelo oscuro, esos rizos elásticos que se agitan con cada movimiento aterrado de la cabeza.

Desde donde estoy, distingo el flequillo irregular.

Los gritos de la multitud acallan el alarido que se me escapa.

La encontré.

En el centro de una Prueba.

CAPÍTULO 21
Adena

Hace mucho calor en el Pozo.

Me imagino que era de esperar.

Me despertó el sonido de una avalancha de pisadas. Las miles de voces provocan que me zumben los oídos a medida que mis sentidos vuelven poco a poco a la vida. Consigo abrir los párpados pesados y me sobresalto al verme rodeada de setos imponentes.

Tengo las manos atadas a la espalda y los tobillos también atados, y me resulta muy difícil ponerme de pie. Miro los setos que me rodean y trago saliva al escuchar los sonidos que llegan desde detrás del follaje. Al menos así ya no me veo los dedos, aunque me duelen tanto que es imposible olvidarme de cómo me los dejaron. Trato de no pensar en los huesos rotos y en los nudillos hinchados, pero la imagen me persigue.

Estoy soñando. Debe de ser eso.

Esto es una pesadilla. Pae no tardará en despertarme acariciándome el flequillo sudoroso. Nos sentaremos y contemplaremos las estrellas desde detrás del Fuerte. Porque ahí es donde estoy. Ahí es donde quiero estar.

Pero no es este lugar.

Este lugar es arena ardiente bajo los pies descalzos y sol que se filtra entre las lianas que me cubren. Este lugar es una muralla verde, una jaula de follaje que se pliega sobre mí. Este lugar es desconocido y familiar a la vez.

Abro mucho los ojos al darme cuenta.

Este lugar es el Pozo.

¿Por qué estoy en el Pozo? ¿Qué hago en el Pozo? Hoy debe de ser la última Prueba y…

¿Me desperté en la última Prueba? No es posible que… O sea, ¿por qué estoy…?

Describo un círculo muy despacio pese a los grilletes de los tobillos. No sé qué me hicieron para dejarme sin sentido, pero la cabeza me palpita y tengo la vista borrosa.

Los golpes contra el suelo y los gritos son lo único que me dice que la Prueba ya empezó.

Me quedo allí, de pie, aturdida, inmóvil. Rezo por que todo esto sean imaginaciones mías.

Pae me encontrará. Ella sabrá qué hay que hacer. Siempre sabe qué hay que hacer.

El sudor me corre por la cara. Me palpitan los dedos. Me duele la cabeza. Me ruge el estómago.

El tiempo parece ralentizarse. Oigo un grito ahogado y volteo hacia el lugar de donde procede.

Tanto miedo no puede venir de Paedyn. No, porque Paedyn es fuerte, no le ha pasado nada, seguro que está al otro lado de estos setos, a punto de encontrarme.

La paciencia nunca ha sido mi cualidad más destacada.

493.

De puro aburrimiento, he empezado a contar los segundos.

Me tiemblan las piernas, las noto flojas.

494, 495, 496...

Desconozco de qué trata esta Prueba. De lo que estoy segura es de que ocupo la peor localidad.

No se me va de la cabeza el dolor palpitante en los dedos, pero tampoco la sensación de que me metieron en la Prueba por algo.

¿Para qué quieren a una costurera lisiada?

521, 522, 523...

Pae va a ganar. El premio será encontrarme.

Suenan gritos que vienen de todas partes, se gritan nombres que no reconozco.

¿Saben que estoy aquí? ¿Me ven luchar por mantenerme en pie?

El mundo me empieza a dar vueltas más o menos en el segundo 547.

Tengo la boca tan seca que casi no puedo tragar.

552.

Llegará en cualquier momento. Me va a salvar enseguida.

Cada vez tengo un campo de visión más estrecho. Es como si mirara un túnel.

Quiero despertar y ver las estrellas.

Estoy tan mareada que casi no veo la figura que viene corriendo hacia mí.

—¿Adena?

La voz corta la nube de dolor que me envuelve. Mi Pae me encontró.

Viene hacia mí, levanta una polvareda con los pies. El alivio es tan abrumador que me dejo caer de rodillas y sonrío en dirección a la silueta borrosa.

—¡Paedyn! —grito, y trato de levantarme.

Pero la expresión de su rostro me hace titubear.

¿Por qué parece tan horrorizada? Ya ganó.

Quizá se preocupó porque desaparecí. Eso hace que me lance a una disculpa frenética. Tengo que hacer que entienda dónde he estado.

—Lo siento, Pae, te...

Este segundo me parece más largo que los anteriores.

Este parece de fuego.

Letal.

Como el principio del fin.

El dolor me estalla en el pecho, me abrasa el cuerpo.

Me tomo tiempo antes de bajar la vista hacia lo que acabó conmigo.

Parpadeo al ver la rama ensangrentada que me atravesó el pecho. Muy al fondo de mi mente, me pregunto cómo llegó ahí.

Todo parece embotado, nebuloso, como el alarido que desgarra una garganta que no es la mía.

Poco a poco consigo alzar la vista para ver a la chica que corre hacia mí. Veo el grito que se forma en sus labios, pero no llego a escucharlo.

Me sostiene antes de que caiga en la arena. Me acunan unos brazos que querría sentir. Unos dedos me apartan el pelo y consigo sonreír ante la sensación familiar.

Siempre está a mi lado para despertarme de las pesadillas, para quitarme de los ojos el flequillo irregular.

Más que sentirlo, percibo el dolor que me recorre el cuerpo. Es como saber que te han roto el corazón sin necesidad de ver los pedazos.

No dejo de mirarla. Pae, mi Pae, tan fuerte. Me está diciendo que me voy a poner bien. Sé que no es cierto.

Me estoy muriendo, pero no soy idiota.

Me está prometiendo bollos de miel. Dice que me va a traer tantos que me hartarán. Las dos sabemos que es mentira. La pasión por los bollos de miel me durará hasta la muerte.

La muerte.

Qué palabra tan extraña. Es algo que les pasa a los demás. Nunca se me había ocurrido asociarla al fin de mi existencia.

—… tienes que quedarte conmigo. Prométeme que te quedarás…

Las palabras me hacen más daño que la rama que me sale del pecho.

—Pae. —Tengo la respiración entrecortada—. Sabes que no prometo lo que no puedo cumplir.

No oigo apenas lo que dice a continuación. Sus lágrimas me humedecen la cara, aunque casi no las noto a través del manto de insensibilidad que me cubre entera. Es tan testaruda como siempre, se niega a reconocer la muerte que viene sin duda a llevarme con ella.

Eso sí lo siento. El roce de los dedos de la muerte en la cara, como una caricia tranquilizadora. Pensaba que le iba a tener miedo, que temería el final hacia el que me arrastra. Pero, en cierto modo, resulta reconfortante ser consciente de que llego a ese final.

—Prométeme que lo usarás… —Las palabras se me escapan de la boca seguidas por la sangre. Lo veo todo borroso, incluso la pregunta que leo en su rostro más que en sus labios—. El chaleco. —Me atraganto—. E-el verde con bolsillos. —La muerte trata de callarme, pero hablo más alto—. Tardé siglos en coserlo… No quiero que se pierda… tanto trabajo.

Es lo último que queda de mí.

El último rastro físico de lo que fue mi pasión en la vida.

«No. También está Mak. Él es mi pasión en la vida. Lo único que quiero es que los dos usen mis chalecos cuando ya no esté. Eso los unirá a mí para siempre».

Pero no lo llego a decir.

Me lo promete. Me suplica. Me estrecha contra ella.

Es tan buena… No creo que sepa lo buena que es. Lo mucho que vale, con independencia de si tiene un poder o no que le corra por las venas.

Para mí, siempre ha sido extraordinaria.

Me pesan los párpados, pero me obligo a abrirlos.

Ya tendré tiempo para descansar cuando esté muerta.

Siento una gran paz al dejarme llevar hacia lo desconocido.

Pero no al abandonarla a ella.

Lucho contra la muerte. Quiero decirle una cosa más.

—No te digo adiós… Te digo hasta la vista…

Los labios se me entumecen y ya no le hablo más.

¿Podré velar por ella cuando llegue allí a donde me lleva la muerte?

Más vale que se me permita velar por ella.

Noto el sabor amargo de la sangre en la boca, pero la sonrisa que consigo esbozar para ella es dulce.

Y empiezo a contar.

Uno, dos, tres…

La muerte es delicada como nunca lo fue la vida.

Alzo la vista hacia el cielo, veo las estrellas que flotan sobre mis ojos.

Qué hermosa noche en el Fuerte.

Cuatro, cinco, seis…

Cuento los segundos que faltan para que vuelva a verla.

Cuento las estrellas hasta que vea a Mak brillar junto a mí.

Las estrellas titilan para darme la bienvenida.

Y, al octavo segundo, ya no sé más.

CAPÍTULO 22

Makoto

Se me para el corazón, estoy seguro de que se me para, al verla ahí, de pie, en el centro de la arena.

No puedo respirar, no puedo pensar. No puedo hacer nada, solo contemplar desde lejos la figura indefensa.

No es posible. Adena es lo menos parecido que existe a un criminal. Lo menos parecido a alguien que merece la muerte.

Un imperial pasa a toda prisa y me empuja con tanta fuerza que lo agarro por el brazo. Se da la vuelta a punto de reaccionar con violencia. Jamás había interactuado con un imperial, pero de repente me veo agarrando a uno por el bíceps.

—No es ninguna criminal —digo, y es un rugido—. ¿Qué demonios hace ahí?

El hombre suelta un bufido y se sacude mi mano. Y, si no estuviera tan conmocionado, puede que no se lo hubiera permitido.

—Son órdenes del rey, mendigo. —Me muestra los dientes; debe de pensar que es un gesto amenazador—. Vuelve a tocarme y acabarás ahí abajo con ella.

—Excelente, en ese caso…

Lo agarro por el brazo y se lo retuerzo hasta que suelta un grito. Retrocede con los ojos cargados de odio…

—Serás hijo de… —Se detiene de repente y entorna los ojos, y me temo lo peor—. Bien pensado, te va a doler más quedarte aquí y verla morir.

Las palabras son como un golpe y, antes de que me dé tiempo de hacer nada drástico, se gira por completo y se aleja a zancadas. Me quedo mirando cómo se va, con la respiración entrecortada y las manos sudorosas.

Me giro muy despacio hacia la arena. Tengo miedo de lo que voy a ver. Cuando la localizo, distingo la cuerda que le sujeta las muñecas a la espalda.

Pero lo que atrapa mi atención son los dedos. Algo va mal, son diferentes de los que conozco de memoria tras tantas horas de verla coser.

Entrecierro los ojos y me pongo la mano como visera para protegerme del sol cegador.

Y vuelvo a quedarme sin respiración. Me tengo que agarrar a la barandilla para no caerme.

Tiene los dedos doblados, hinchados, retorcidos a la espalda.

Los dedos de coser. Le rompieron los dedos con los que cose.

La emoción me hace un nudo en la garganta, me impide tragar.

Esas manos, esas hermosas manos que han acariciado mi rostro, que han creado prendas innumerables, que han aplaudido de alegría ante las cosas más nimias.

Que no volverán a hacerlo.

Sacudo la cabeza para detener las lágrimas que me empiezan a correr por las mejillas.

No es posible, ¿por qué le está pasando una cosa así?

Veo un borrón nebuloso en la periferia del círculo, algo que sale de entre el follaje. Parpadeo para limpiarme los ojos de lágrimas y me inclino sobre la barandilla para ver una figura que me resulta vagamente conocida.

«Paedyn».

Si lo que sé de ella es cierto, la Salvadora de Plata jamás le haría daño a su mejor amiga. Es mi única esperanza. La miro correr por la arena, entre tropiezos, hacia Adena.

Rezo a quien me quiera escuchar. Rezo con cada fibra de mi ser. Ofrezco mi vida a cambio de la suya.

Pero nadie me escucha. Nadie se molesta en oírme, en atender mis súplicas.

Porque una rama la atraviesa.

Lanzo un grito.

El sonido me desgarra la garganta, hace que cientos de cabezas se giren hacia mí.

No puedo apartar la vista, no puedo ver nada que no sea la mancha de sangre que le florece en la espalda. La rama la atraviesa, le sale por el pecho, al otro lado de su hermoso corazón.

Cae de rodillas en la arena, y yo caigo de rodillas en el cemento.

Las lágrimas me corren por la cara mientras veo cómo Paedyn se lanza junto a ella. La veo acunar la cabeza de pelo rizado, abrazar el cuerpo destrozado.

Me duele no tenerla entre mis brazos. Me sangra el corazón, se me nubla la vista. La caja que llevo en el bolsillo me pesa en el pecho, contra el corazón roto que late debajo.

La aguja ya nunca tendrá el placer de que ella la toque.

Y yo tampoco. Nunca más.

El silbido ensordecedor que siento en los oídos casi no me permite oír los gritos desesperados de Paedyn, pero no paro de mirarla. No me atrevo a apartar la vista hasta que me haya dejado para siempre.

Tiene la mirada fija en el cielo. Veo en mi mente esos enormes ojos color avellana que tanto me gustaba que clavara en mí y elijo recordarlos así.

Los vistas se han concentrado en ella, muestran su muerte en la pantalla para que todos la vean. Me tapo la boca con una mano temblorosa para sofocar los sollozos.

Parpadea muy despacio hacia el cielo. Cada vez le cuesta más volver a abrir los ojos.

Está contando las estrellas.

Me derrumbo.

Todo mi ser se derrumba. Cada centímetro de mí salta en pedazos.

Los sollozos me sacuden entero, agarrado a los barrotes de la barandilla, con las piernas temblorosas contra el cemento.

Qué suerte que le corté el flequillo. El pelo desigual le besa la frente y permite que los ojos color avellana vean las estrellas.

Esas estrellas que ahora cuenta por última vez.

Lloro sin pudor por ella.

Por la chica que brilla tanto que hace palidecer al sol.

Por la chica por la que me estaba lanzando de cabeza.

Por la chica que merecía un final feliz.

—Cuenta las estrellas, Dena. —Me atraganto con las palabras, las susurro al viento que se va a llevar su alma tan lejos de mí—. Cuenta las estrellas, nada más.

Las cuento con ella.

Una, dos, tres…

Solo que yo estoy contando los segundos que me faltan para volver a verla.

Cuatro, cinco, seis...

Contaré hasta estar en el cielo, a su lado.

Siete, ocho, nueve...

Y de pronto quiero que ese segundo llegue antes.

Diez, once, doce...

Siento que su poder se apaga, desaparece.

Y luego la veo morir.

Veo cómo la vida se escapa de su piel oscura, le roba la luz de los ojos.

La conexión se rompe. Su habilidad se me escurre entre los dedos. Me deja solo, frío, tembloroso sin ella.

Y nunca volveré a sentir ese poder. Nunca la volveré a sentir a ella.

Trece, catorce, quince...

Cuando Paedyn le cierra los ojos con la mano para la eternidad, me levanto y bajo por el camino con las rodillas temblorosas.

Dieciséis, diecisiete, dieciocho...

Las lágrimas me nublan los ojos. La ira me arde en la sangre. Voy hacia el túnel de cemento que lleva al mundo exterior. A un mundo sin ella. A un mundo en el que ella ya no está.

No sé si voy a poder vivir en ese mundo.

Diecinueve, veinte, veintiuno...

Los sollozos levantan ecos en las paredes y se oyen más altos que los vítores en la Arena. Debería haber muerto yo. Ojalá hubiera muerto yo.

Veintidós, veintitrés, veinticuatro...

Están aplaudiendo. Aplauden como si un rayo de sol no se acabara de apagar ante ellos.

Veinticinco, veintiséis, veintisiete...

Cuando llego al exterior, al sendero, el sol me acaricia el rostro y vuelvo a dejarme caer de rodillas.

Me arrebujo en el chaleco, me encierro entre sus costuras tan perfectas, tan rectas.

Veintiocho, veintinueve, treinta...

Nunca volveré a admirarla mientras cose.

Entierro la cara entre las manos, recojo las lágrimas ardientes en las palmas. Luego me paso los dedos por el chaleco, recorro cada centímetro que ella tocó.

Treinta y uno, treinta y dos, treinta y tres... El corazón se me para al notar el bordado bajo un bolsillo.

No me hace falta mirarlo para saber lo que dice. No tengo que leer las palabras para que las lágrimas vuelvan a correr por mis mejillas.

«Te veré en el cielo».

Miro arriba y sofoco un sollozo.

Treinta y cuatro, treinta y cinco, treinta y seis...

El sol me baña cálido, me reconforta.

Sonrío con tristeza. Sonrío a pesar de las lágrimas que me corren por la piel.

Y ahí está ella, más brillante que ninguna.

En cierto modo, siempre ha sido el sol. Siempre ha sido la luz que brillaba a pesar de la oscuridad.

Treinta y siete, treinta y ocho, treinta y nueve…

—Gracias por elegir la estrella más cercana, Dena.

Respiro como puedo.

Cuarenta, cuarenta y uno, cuarenta y dos…

—Ya veo que me vas a hacer compañía.

CAPÍTULO 23
Adena

Al final todo fue luz y oscuridad, estrépito y silencio.

No conocí nada excepto el recuerdo de aquellos a los que amaba. Una, mi amiga. Otro, algo inacabado.

Eso es lo único que me llevo conmigo a la otra vida. Pero lo veo todo desde arriba, con luz y calidez.

Justo como él me prometió.

Agradecimientos

Mentiría si dijera que no he repasado las páginas de agradecimientos de mi autora favorita para copiar la mejor manera de decir esto, porque estoy convencida de que hay una fórmula secreta, algo que capta tu atención, querido lector, mientras yo, la escritora balbuceante, trato de expresar la admiración que siento hacia la gente que hizo posible este libro. Cuando termines estas páginas ya me dirás si lo conseguí o no.

Decir que he dejado un trocito de mi corazón entre estas páginas sería demasiado cursi para mi gusto, pero *Powerful* significa mucho para mí. Me costó mucho escribir esta historia tras la publicación de *Powerless*. Quería con todas mis fuerzas que fuera sobre Adena, solo sobre ella, y el miedo a no hacerle justicia me resultaba aplastante. Pero la novela se escribió solo en menos de un mes... y al teclear la última palabra del manuscrito

sucedió algo aún más importante. Me demostré algo a mí misma:

Mi historia, mi sueño, no terminó cuando acabé *Powerless* a los dieciocho años. Y ahora he juntado valor para seguir soñando, para seguir escribiendo y haciendo lo que más me gusta.

Bueno, pero ya basta de hablar de mí. Puedo decir con total seguridad que no habría tenido la ocasión de escribir estos agradecimientos de no ser por un grupo de personas increíbles. Para empezar, he tenido el privilegio de trabajar codo con codo no con uno, sino con dos equipos maravillosos de Simon & Schuster. Pese a mi imaginación hiperactiva, jamás habría soñado con tener a un grupo de gente en Estados Unidos y otro en el Reino Unido para los que mis historias y yo fuéramos tan importantes. Ojalá pudiera darles a cada uno un beso en la mejilla, pero como nos separan muchos miles de kilómetros voy a tener que conformarme con teclear sus nombres con infinita admiración.

Empezaré con el asombroso equipo del Reino Unido, y es justo comenzar con Yasmin Morrissey. Mi valiente editora soportó innumerables mensajes de voz, correos electrónicos y conferencias por Zoom acerca de todo lo relativo al universo *Powerless*. Sufriste todas las etapas de este libro y quiero darte las gracias por tu apoyo constante. ¡Mi síndrome de la impostora y mi autocrítica constante no son rivales para ti! No sé qué sería de mí sin tu diligencia, y espero que el futuro me depare muchos más mensajes largos de voz.

Pero hay más personas en el equipo del Reino Unido a las que tengo que dar las gracias, empezando por Rachel Denwood y Ali Dougal, la directora general y la directora editorial. Laura Hough y Danielle Wilson han sido las adalides de mi obra ante las librerías del país, mientras que Loren Catana, mi diseñadora, tuvo la idea para la maravillosa portada de *Powerful*. Miya Elkerton y Olivia Horrox, del Departamento Comercial, junto con Jess Dean y Ellen Abernethy, de Publicidad. El fantástico equipo de derechos encabezado por Maud Sepult y Emma Martinez, que han encontrado hogares maravillosos por todo el mundo para *Powerless*. Y por último, pero no por ello menos importante, Nicholas Hayne y todos los demás. Gracias.

En cuanto a mi equipo en Estados Unidos, también maravilloso, le debo toda mi gratitud y admiración a Nicole Ellul. Contribuiste a guiarme de una manera increíble a lo largo de todo el proceso de publicación, y te agradezco mucho más de lo que imaginas la fe en mi trabajo. Ser mi otra editora no es fácil. Gracias por todas las ideas, por todas las sugerencias que han hecho de esta serie lo que es. Ya solo tu entusiasmo me sirve de inspiración.

En cuanto al resto del increíble equipo estadouni-
dense, tengo que dar las gracias a Jenica Nasworthy por
organizarlo todo en su papel de editora, pero hay otros
muchos que se merecen mi eterna gratitud. Chava Wo-
lin, Lucy Cummins, Hilary Zarycky, Alyza Liu, Justin
Chanda, Kendra Levine, Nicole Russo, Emily Ritter y
Brandon MacDonald, son fantásticos. ¡Gracias!

Ahora, el lector puede descansar un momento de
este caos para deleitarse con los dibujos y el mapa que
aparecen al principio de este libro. Sí, los rumores son
ciertos. Todo está hecho a mano y la autora es la genial
Jordan Elliot. No se me ocurre nadie mejor para dar vida
a mi mundo, y es un honor para mí que sigamos trabajando juntas. ¡Brindo por más ilustraciones deslumbrantes!

Lloyd Jassin es mi abogado inquebrantable. Gracias
por ayudarme a moverme por el mundo editorial. No
me imagino enfrentarme a todo esto sin ti. Es un placer
trabajar contigo, y espero seguir haciéndolo durante
muchos años.

Además de los increíbles equipos de S&S que ayu-
daron a dar forma a *Powerful*, hay mucha más gente
que trabaja en la sombra. Y da la casualidad de que son
mi familia. Primero, reconozco con toda humildad que
ninguno de estos sueños se habría hecho realidad de no
ser por mis padres. Mamá, papá, me han apoyado a
cada paso del camino, creyeron en mí cuando me costa-

ba creer en mí misma. Gracias por confiar en su pequeña y permitir que corriera en pos de su pasión. Para mí, es una bendición contar con ustedes, sobre todo con una madre que está encantada de ser a la vez mi confidente, mi ayudante y mi contadora.

Soy la pequeña de la familia, así que tengo que dar las gracias a unos cuantos hermanos mayores: Jessie, Nikki, Josh, cada uno me ha apoyado a su manera. Les doy las gracias por cada mensaje de texto alentador y por la proverbial palmadita en la espalda. Gracias, chicos.

Aparte de mi familia, algunas amigas consiguieron que conservara la cordura durante el proceso de creación del libro. Quiero agradecérselo a Ivy y Ella: solo gracias a ustedes conseguí sobrevivir a la escuela y a esta etapa actual tan loca de mi vida. Las quiero infinito. En cuanto a mi querida Oliva, *Powerful* no habría salido al mundo de no ser por ti. Los momentos en que planeé esta historia en mesas destartaladas de cafeterías están entre mis recuerdos más atesorados. Ojalá sigamos conspirando juntas. Gracias por soportar mis larguísimos mensajes. ¡Eres la voz del pueblo, Pookie!

Ahora llega el momento intimidante de tratar de expresar lo que siento por cierto chico. Decir que eres mis cimientos sería quedarse muy corta, Zac. Gracias por cada palabra de ánimo, por cada momento en que has querido ayudarme. Siempre conté contigo, ya fuera para prepararme la comida, o para ofrecerme un hombro sobre el que llorar. Eres la encarnación de mi chico imaginario y algún día escribiré nuestra historia.

Como dije en las últimas páginas de *Powerless*, quiero dar las gracias ahora a Aquel que me dio el don del amor a las palabras y el deseo de escribir. Sin duda no estaría donde estoy sin mi Señor y Salvador. Doy las gracias a Dios por la oportunidad que me ha dado.

Ahora te toca a ti, querido lector. ¿He mantenido tu atención hasta este punto? ¿Estabas esperando a que te diera por fin las gracias? Porque, si he escrito hasta aquí, ha sido gracias a ti. Es un honor para mí compartir contigo este viaje, que te hayas tomado el tiempo necesario para leer esta historia. Tú eres mi inspiración, el motivo de cada palabra. Espero mantener tu atención durante muchos años.

Brindo por los sueños y por las historias que nacen de ellos.

Besos,

Lauren

Reckless

En las páginas siguientes
encontrarás un anticipo del segundo
libro de la apasionante trilogía Powerless,
de Lauren Roberts.

PRÓLOGO

Kai

Resulta escalofriante lo desiertos que están los pasillos a esta hora.

Igual que todos los años.

Los recorro sin prisas para robar este fragmento diminuto de tranquilidad y conservarlo. Pero la calma robada es poco más que un caos acallado.

Opto por hacer caso omiso de ese pensamiento al doblar la esquina y llegar a un pasillo oscuro. La alfombra color esmeralda amortigua el sonido de mis pisadas. El castillo duerme, y resulta reconfortante. La soledad es un bien preciado para la realeza.

La realeza.

Casi me entra la risa ante la palabra. Suelo olvidarme de quién era antes de convertirme en lo que soy. Un príncipe, antes de ser el ejecutor. Un niño, antes de ser el monstruo.

Pero hoy no soy nada de eso. Hoy puedo estar con quien debería haber estado.

La luz tenue se filtra por debajo de las puertas de la cocina. Esbozo una sonrisa al verlo.

Todos los años. Ella está aquí, como todos los años.

Abro con cuidado las puertas y entro en la estancia iluminada por velas titilantes. El olor dulce del pan y la canela impregna el aire y me acuna con la calidez de los recuerdos.

—Cada vez que te veo has madrugado más.

Esbozo una sonrisa como respuesta a la de Gail. Tiene el delantal lleno de especias y la cara, de harina. Me doy impulso para sentarme en la misma barra donde me he sentado desde que tengo edad para alcanzarla, con las palmas contra la madera marcada por mil cuchillos.

La normalidad de la situación tiene algo de reconfortante.

Sonrío a la mujer que prácticamente me crio, cuyas canas dejan constancia de los años que ha pasado soportando a los príncipes. Me encojo de hombros.

—Cada año duermo menos.

Pone las manos en las caderas y sé que se está conteniendo para no regañarme.

—Me tienes preocupada, Kai.

—¿Y cuándo no? —respondo a la ligera.

—Lo digo en serio. —Agita un dedo para señalarme con un movimiento envolvente—. Eres demasiado joven para tener que enfrentarte a esto. Si parece que fue ayer cuando correteabas por la cocina con Kitt...

Deja la frase sin acabar tras mencionarlo, lo que me obliga a resucitar la conversación moribunda.

—Pues ahora mismo vengo del despacho de mi padre... —Hago una pausa que me da tiempo a resoplar por la nariz—. De Kitt.

Gail asiente con un gesto pausado.

—No ha salido de ahí desde la coronación, ¿verdad?

—No. Y tampoco he estado mucho tiempo con él. —Me paso la mano por el pelo alborotado—. Solo quería encargarme mi primera misión.

Se queda callada durante un momento que se me hace eterno.

—Ella, ¿verdad?

Asiento.

—Ella.

—¿Y vas a...?

—¿Que si voy a cumplir la misión? ¿Que si voy a hacer lo que me mandan? ¿Traer a Paedyn de vuelta? —termino su frase—. Por supuesto. Es mi deber.

Otra larga pausa.

—¿Se acordaba de qué día es hoy?

Alzo la mirada hacia ella y sacudo la cabeza.

—No tiene por qué acordarse.

—Claro. —Suspira—. Bueno, este año solo hice uno. Imaginé que no vendría. Vamos a darle tiempo. —Hace un ademán de asentimiento—. Es el primer año que se lo pierde.

Se aparta a un lado para permitirme ver el bollo de miel que hay junto al horno. Bajo de la barra y sonrío al caminar hacia ella. Solo me entrega la bandeja cuando le doy un beso en la mejilla.

—Vamos, vamos. —Me echa—. Ve a pasar un rato con ella.

—Gracias, Gail —digo con voz cariñosa—. Por todos los años.

—Y los que quedan. —Me guiña un ojo y me empuja hacia la puerta.

Me doy la vuelta para mirarla, para mirar a la mujer que fue una madre para mí cuando la reina no podía serlo. Era todo abrazos y cariño, reprimendas merecidas y aprobación muy buscada.

Tiemblo al pensar en que llegue el día en que los hermanos Azer no cuenten con ella.

—Oye, Kai…

Estoy a mitad de camino hacia la puerta, pero me doy la vuelta hacia ella.

—Todos la queríamos —dice en voz baja.

—Lo sé —asiento—. Y ella también lo sabía.

Y luego salgo al pasillo envuelto en sombras.

El bollo de miel que llevo en la bandeja es tentador; huele a canela, a azúcar y a tiempos más sencillos. Me obligo a concentrarme en recorrer el camino bien conocido hasta los jardines. Ese mismo camino que recorro cada año a esta misma hora desde la cocina.

No tardo en encontrarme ante las grandes puertas que dan a los jardines. Apenas me fijo en los imperiales que montan guardia o en los que duermen a su lado. Los pocos que están despiertos fingen no ver el bollo de miel que llevo conmigo hacia la oscuridad.

Sigo el camino empedrado, entre las hileras de flores de colores que no distingo en la oscuridad. Hay estatuas cubiertas de hiedra por todo el jardín. Algunas están rotas y les faltan pedazos tras haber sufrido varias caídas en las que juro que no he tenido nada que ver. En el centro, el agua ondula en la fuente y me recuerda los días sofocantes y la comprensible estupidez que hacían que Kitt y yo saltáramos dentro.

Pero lo que me trae aquí es lo que se encuentra más allá del jardín.

Salgo al tramo de hierba fresca que estuvo cubierto de alfombras de colores durante el baile de la segunda Prueba. No me permito recordar nada de aquella noche, sino que sigo la luz de la luna que la acaricia a ella con sus dedos blancos.

El sauce parece llamarme, las hojas crujen con la suave brisa. Paseo los ojos por todas las ramas, por todas las raíces que sobresalen del suelo. Cada centímetro del árbol es hermoso, es fuerte.

Me abro paso a través de la cortina de hoja para llegar al pie del árbol que visito tan a menudo como me permite la vida…, pero siempre con un bollo de miel en esta fecha. Paso los dedos por la corteza basta, identifico las marcas que tan bien conozco.

No tardo en ocupar mi lugar habitual bajo el árbol imponente. Sentado, me rodeo la rodilla con el brazo y dejo la bandeja sobre una raíz más grande que las otras. Me saco del bolsillo una caja de cerillos.

—Este año no encontré ninguna vela, lo siento. —Rasco el cerillo para encenderlo y contemplo la llamita que chisporrotea—. Tendrá que valer con esto.

Clavo el cerillo en el centro del bollo de miel y sonrío ante lo patético del espectáculo. Contemplo cómo se quema, veo cómo pinta el enorme árbol con su tenue luz.

Luego bajo la vista hacia el suelo, a un lado, y paso la mano por la hierba suave.

—Feliz cumpleaños, A.

Soplo la vela improvisada y la oscuridad nos engulle.

CAPÍTULO 1
Paedyn

La sangre solo es útil si consigo mantenerla dentro de mi cuerpo.

La cabeza solo es útil si consigo no perderla.

El corazón solo es útil si consigo que no se me rompa.

«Pues, entonces, me he vuelto inútil por completo».

Vuelvo a recorrer con los ojos los tablones sobre los que piso, la madera gastada que es el suelo del hogar donde me crie. Solo con verlos, regresan los recuerdos como una ola, y lucho para quitarme de la cabeza las imágenes de unos pies pequeños, otros grandes calzados con botas, que se movían al compás de una melodía conocida. Sacudo la cabeza para desechar los recuerdos pese a lo mucho que me gustaría dejarme llevar por el pasado, ya que el presente no tiene nada de agradable.

«... dieciséis, diecisiete, dieciocho...».

Sonrío sin hacer caso del dolor que me taladra la piel.

«Te encontré».

Camino con pasos inseguros, rígidos, con los músculos agarrotados, hacia un punto que parece normal en el suelo de madera. Me arrodillo, aunque tengo que morderme la lengua para soportar el dolor, y meto entre los tablones los dedos manchados de una sangre que no quiero ver.

El suelo parece tan testarudo como yo y no cede. Su resiliencia me resultaría admirable si no fuera un maldito trozo de madera.

«No tengo tiempo para esto. Debo salir de aquí».

Un sonido desgarrado me brota del fondo de la garganta mientras miro la madera y parpadeo.

—Habría jurado que eras el compartimiento secreto. ¿Me confundí y no eres el tablón número diecinueve contando desde la puerta?

Clavo una mirada asesina en la madera y se me escapa una carcajada histérica. Echo la cabeza atrás y miro al techo.

—Por la plaga, ahora estoy hablando con el suelo —murmuro, y es una prueba más de que estoy perdiendo la cabeza.

Aunque tampoco es que tenga otra persona con la que hablar.

Hace cuatro días que llegué como pude a la casa de mi infancia, acosada y medio muerta. Y estoy muy lejos de sanar, tanto mental como físicamente.

Esquivé la muerte que se cernió sobre mí con cada golpe de la espada del rey, pero aquel día, tras la última Prueba, consiguió matar una parte de mí. Sus palabras me hirieron más que cualquier filo, me hicieron sangrar con atisbos de la verdad mientras jugaba conmigo, mientras me provocaba, mientras me hablaba con una sonrisa en los labios sobre la muerte de mi padre.

«¿No quieres saber quién mató a tu padre?».

Un escalofrío me recorre la espalda cuando la voz gélida del rey me resuena en la cabeza.

«Digámoslo así: tu primer encuentro con un príncipe no fue cuando salvaste a Kai en la callejuela».

Si la traición fuera un arma, me la infligió aquel día, me clavó una hoja roma en el corazón destrozado. Dejo escapar un suspiro y aparto de mi mente el recuerdo del chico de los ojos grises tan penetrantes como la espada que le vi clavarle a mi padre en el corazón hace ya tantos años.

Me pongo de pie como puedo y voy pisando los tablones del suelo por si oigo algún crujido delator; mientras, distraída, hago girar en el pulgar el anillo de plata. Tengo todo el cuerpo dolorido y noto los huesos demasiado frágiles. Las heridas de la última Prueba y de la pelea con el rey están mal vendadas; me temblaban los dedos, tenía la vista borrosa por las lágrimas y los puntos son torpes.

Volví cojeando como pude desde la Arena a Saqueo, y entré en la casita blanca que había sido mi hogar y el cuartel general de la Resistencia. Pero no encontré nada. No había rostros conocidos que me esperaran en la habitación secreta del sótano. Estaba a solas con el dolor y la confusión.

A solas para poner orden en el desastre que era mi cuerpo, mi mente, mi corazón roto.

La madera cruje. Sonrío.

Vuelvo a ponerme de rodillas y levanto una tabla para dejar a la vista el compartimiento que hay debajo. Sacudo la cabeza.

—Es el tablón número diecinueve contando desde la ventana, Pae, no desde la puerta... —murmuro.

Palpo en la oscuridad y doy con la forma desconocida de un puñal. El corazón me duele más que el cuerpo. Ojalá pudiera tocar el acero del arma de mi padre, sentir su peso en la mano.

Pero, cuando lancé mi puñal más querido contra el cuello del rey, elegí la sangre por encima de los sentimientos. Y lo único que lamento es que él lo encontró, y me prometió que solo me lo devolvería cuando me lo clavara en la espalda.

Los ojos azules sin vida me devuelven la mirada en el reflejo de la hoja brillante cuando la alzo hacia la luz y me sobresalto tanto que se me corta el hilo de negros pensamientos. Tengo la piel llena de cortes y heridas. Trago saliva al ver el tajo que me baja por un lado del cuello; me paso los dedos por la piel herida. Sacudo la cabeza y me guardo el puñal en la bota para dejar de ver mi alarmante reflejo.

En el compartimiento encuentro también un arco y un carcaj de flechas, y la sombra de una sonrisa me asoma a los labios al recordar cómo mi padre me enseñaba a disparar contra el blanco, el árbol nudoso que crecía en la parte trasera de la casa.

Me echo al hombro el arco y el carcaj y examino el resto de las armas ocultas en el suelo. Meto en la bolsa unos cuantos cuchillos arrojadizos, donde hacen compañía a las raciones de comida, las cantimploras de agua y una camisa arrugada que recogí a toda prisa, y me pongo de pie como puedo.

Nunca me había sentido tan delicada, tan débil. Solo de pensarlo me invade la rabia: me saco un cuchillo del cinturón y alzo el brazo, me muero por lanzarlo contra la madera gastada de la pared. Un dolor lacerante me recorre el brazo cuando el movimiento me tensa la piel marcada sobre el corazón.

Un recordatorio. La señal de lo que soy. O, mejor dicho, de lo que no soy.

Una «v», de vulgar.

Lanzo el cuchillo con los dientes apretados y veo cómo se clava en la pared. La herida cerrada escuece, se regodea ante su presencia permanente en mi cuerpo.

«... voy a dejarte mi marca en el corazón para que no se te olvide quién te lo rompió».

Me dirijo hacia el arma para arrancarla de la pared cuando cruje otro tablón del suelo y me llama la atención. Sé de sobra que los suelos inestables son lo más común en las casas de los barrios bajos, pero la curiosidad hace que me agache para investigar.

«Si cada tablón que cruje fuera un compartimiento secreto, los habría por todas partes...».

Levanto la madera y arqueo las cejas de la sorpresa. Sofoco una carcajada carente de humor al ver el compartimiento cuya existencia desconocía.

«Soy una idiota... La Resistencia no era el único secreto de mi padre».

Palpo con los dedos y al final saco un libro voluminoso lleno de papeles a punto de caerse.

Paso las páginas y reconozco la caligrafía apresurada de un curandero. Es el diario de mi padre.

Lo meto en la bolsa porque sé que ahora no dispongo de tiempo para estudiar su trabajo. Este lugar no es seguro, llevo aquí demasiados días, herida, débil, siempre con miedo de que me encuentren.

La vista que me vio matar al rey habrá mostrado la imagen a todo el reino. Tengo que salir de Ilya cuanto antes, y ya he desperdiciado la ventaja que tan generosamente me concedió él.

Me dirijo hacia la puerta para salir a las calles y perderme en el caos de Saqueo. Luego intentaré cruzar las Brasas para llegar a la ciudad de Dor, donde no hay élites y todos son vulgares.

Voy a abrir la puerta para salir a la calle silenciosa...

Me detengo con la mano en alto.

Silenciosa.

Es casi mediodía, así que Saqueo y las calles circundantes deberían ser un hervidero de comerciantes que gritan y sueltan palabrotas, de niños que gritan en el bullicio de colores que son los barrios bajos.

Algo no está bien...

La puerta se estremece. Algo... no, alguien la está embistiendo desde fuera. Doy un salto atrás y recorro la habitación con los ojos. Se me pasa por la cabeza la posibilidad de correr hacia la escalera secreta y bajar a la habitación del sótano donde se reunía la Resistencia, pero la sola idea de verme acorralada ahí abajo me pone los pelos de punta. Y, entonces, me fijo en la chimenea, y pese a lo angustioso de la situación se me escapa un suspiro de fastidio.

«¿Cómo es que siempre acabo metida en una chimenea?».

La puerta se abre con estrépito cuando apenas he conseguido subir por el sucio interior. Tengo los pies plantados en una pared y se me clavan los ladrillos en la espalda.

«Un fornido».

Solo un élite de fuerza extraordinaria habría podido derribar la barricada y la puerta atrancada tan deprisa. El sonido de unas botas pesadas me permite adivinar que cinco imperiales acaban de entrar en mi casa.

—No se queden ahí. Regístrenlo todo, convénzanme de que sirven para algo.

Un estremecimiento me recorre al oír esa voz fría que he oído unas veces acariciadora; otras, imperiosa. Me tenso y estoy a punto de resbalar por el hollín de la pared.

«Es él».

La voz grave que suena a continuación debe de ser de un imperial.

—Ya oyeron al ejecutor. En marcha.

«El ejecutor».

Me muerdo la lengua, no sé si para no reírme o no gritar. La sangre me hierve en las venas al oír el título. Me recuerda todo lo que ha hecho, cada maldad que ha llevado a cabo a la sombra del rey. Primero a las órdenes de su padre; ahora, a las de su hermano… gracias a que yo acabé con el primero.

Pero no me dará las gracias. No, ha venido a matarme.

«Puede que recupere el valor cuando me libre de ti. Así que te doy ventaja».

Para lo que me ha servido…

No puedo correr el riesgo de que me oigan subir por la chimenea, así que espero, escucho las pisadas que recorren la casa buscándome. Me empiezan a temblar las piernas por el esfuerzo y las heridas me hacen apretar los dientes de dolor.

—Registren las estanterías del estudio. Detrás de una hay un pasadizo secreto —ordena el ejecutor con voz seca y tono aburrido.

Me pongo rígida una vez más. Algún miembro de la Resistencia debe de haber confesado el secreto tras la tortura. Se me acelera el pulso al recordar la pelea tras la última Prueba en la Arena, cuando vulgares, fatales e imperiales se enzarzaron en una batalla sangrienta.

Una batalla sangrienta cuyo resultado no conozco.

Las pisadas de los imperiales se pierden a lo lejos y los sonidos de la búsqueda se amortiguan cuando bajan por las escaleras a la habitación del sótano.

Silencio.

Pero sé que él sigue ahí. Solo nos separan unos metros. Siento su presencia igual que he sentido el calor de su cuerpo contra el mío, el fuego de sus ojos grises cuando me recorren.

Se oye el crujido de un tablón del suelo. Está cerca. Tiemblo de rabia, la venganza me hierve en la sangre y daría cualquier cosa por derramar la suya. Menos mal que no le veo la cara, porque si en este momento tuviera ante mí esos ridículos hoyuelos se los arrancaría con las uñas.

Pero consigo controlar la respiración; sé muy bien que, si me enfrento ahora a él, la rabia no me bastará para derrotarlo. Y cuando por fin me enfrente al ejecutor tengo toda la intención de ganar.

—Me imagino que, cuando lanzaste el cuchillo, te imaginaste que era yo. —Tiene la voz sosegada, dubitativa. Como la del chico que conocí. Los recuerdos me invaden y hacen que se me acelere el corazón—. ¿No es así, Paedyn? —Ah, ahí está de nuevo. La voz del ejecutor ha recuperado el tono imperioso. Kai ha desaparecido, solo queda el comandante.

El corazón me late a toda velocidad.

«No es posible que sepa que estoy aquí. ¿Cómo va a...?».

El sonido de una hoja cuando la arranca de la madera astillada me dice que ha desclavado el cuchillo que lancé contra la pared. Oigo un sonido familiar y sé que le está dando vueltas en el aire, distraído.

—Dime, querida, ¿piensas mucho en mí?

Oigo la voz como un murmullo, como si tuviera sus labios pegados a la oreja. Me estremezco porque sé muy bien lo que se siente.

«Si sabe que estoy aquí, ¿por qué no ha...?».

—¿Estoy presente en todos tus sueños, en todos tus pensamientos, igual que tú en los míos?

Se me corta la respiración.

«Así que no sabe que estoy aquí. No está seguro».

Lo sé por lo que acaba de reconocer.

Como vulgar, mi padre me entrenó para hacerme pasar por mental, para recopilar información y observaciones en cuestión de segundos.

Y he tenido mucho más que unos segundos para leer a Kai Azer.

He visto lo que hay al otro lado de sus múltiples máscaras y fachadas. He visto al chico que hay debajo, lo he llegado a conocer, a querer. Y, con todas las traiciones que se han alzado entre nosotros, sé que no habría confesado que sueña conmigo si hubiera sabido que me estoy bebiendo cada una de sus palabras.

Suspira y detecto la nota de humor en su voz.

—¿Dónde te has metido, mi pequeña mental?

Es un apodo irónico, dado que ahora tanto él como el resto del reino saben que no lo soy. Que no soy una élite.

Que soy una simple vulgar.

El hollín me hace cosquillas en la nariz y tengo que tapármela con la mano para no estornudar, lo que me recuerda las muchas veces que robé en las tiendas de Saqueo para luego escapar por las estrechas chimeneas.

Estrechas. Asfixiantes. Me siento atrapada.

Miro los ladrillos que me rodean en la oscuridad. El túnel es tan angosto, tan reducido, que me empieza a invadir el pánico.

«Cálmate».

La claustrofobia se presenta en los peores momentos, asoma a la superficie y me recuerda que estoy impotente.

«Respira».

Eso hago. Hondo. La mano que aún tengo sobre la nariz huele un poco a metal, con ese olor afilado y fuerte, penetrante.

Sangre.

Me aparto de la cara la mano temblorosa y, aunque no veo el rojo en los dedos, casi la siento pegada a la piel. Aún tengo sangre seca bajo las uñas rotas y no sé si es mía, del rey o de…

Respiro hondo para tratar de controlarme. El ejecutor sigue demasiado cerca de mí. Pasea por la habitación y los tablones gimen bajo su peso.

«No sé qué me da más vergüenza, que me atrapen porque me echo a llorar o que me atrapen porque empiezo a estornudar».

Me niego a hacer ninguna de las dos cosas.

Los imperiales vuelven a la habitación.

—Ni rastro de la chica, alteza.

Se hace una larga pausa y su alteza suspira.

—Lo que me imaginaba. Son unos inútiles. —Termina la frase con un tono más cortante que el cuchillo al que da vueltas en el aire—. Fuera.

Los imperiales no pierden un momento en correr hacia la puerta para alejarse de él. No me extraña.

Pero él se queda ahí mientras se hace el silencio entre nosotros. Vuelvo a tener la mano sobre la nariz, y el olor de la sangre, junto con la angustia de estar en la chimenea, hacen que la cabeza me dé vueltas.

Los recuerdos vuelven como una avalancha: mi cuerpo cubierto de sangre, mis gritos mientras trataba de limpiármela, con lo que solo conseguía mancharme toda la piel de rojo. La visión y el olor de tanta sangre me revolvieron el estómago, me hicieron pensar en mi padre cuando murió entre mis brazos; en Adena, cuando murió igual.

Adena. Los ojos se me llenan de lágrimas y tengo que parpadear para borrar la imagen de su cuerpo sin vida en el Pozo. El olor metálico de la sangre me llena las fosas nasales y no lo soporto, no lo soporto más…

«Respira».

Se oye un suspiro que interrumpe el hilo de pensamientos. Parece tan cansado como me siento yo.

—Me alegro de que no estés aquí —dice en un tono dulce que no pensé que volvería a oírle—, porque aún no he encontrado el valor.

Y, entonces, mi hogar empieza a arder.

CAPÍTULO 2
Kai

Noto las llamas a mi espalda mientras voy sin prisa hacia la puerta.

El calor me llega en oleadas; los jirones de humo se me agarran a la ropa. Salgo a la tarde nublada, más oscura ahora por el humo que se alza hacia el cielo.

Casi sonrío al ver los rostros conmocionados de mis imperiales, las bocas abiertas que intentan cerrar mientras las llamas consumen la casa. Voltean para mirarme, pero solo llegan hasta el cuello de la camisa antes de cambiar de postura, incómodos.

Se quedan paralizados cuando voy hacia ellos.

«Creen que me he vuelto loco».

Una ventana estalla detrás de mí y vuelan por los aires trozos de cristal, que se dispersan por la calle. Los imperiales se encogen y se cubren la cara. Eso sí que me hace sonreír.

Puede que tengan razón, que me haya vuelto loco.

Loco de preocupación, de rabia, de traición.

La tensión que noto enroscada dentro del cuerpo es la única constante en mi vida, me pone rígidos los hombros, me hace apretar los dientes. Palpo con los dedos el puñal que llevo al costado y me entran ganas de desahogar la frustración con uno de los muchos imperiales que no sirven para nada.

Recorro con los dedos las volutas de acero del puño, las formas familiares. Imposible olvidar el arma que sentí tantas veces contra la piel del cuello.

«Imposible olvidar el puñal que arranqué del cuello destrozado de mi padre».

Han pasado cinco días desde que vi este mismo puñal en la garganta del rey. Cinco días de dolor, y no he derramado una sola lágrima. Cinco días que he tenido para prepararme, pero sigo sin un plan para librarme de ella de verdad.

Cinco días para ser solo Kitt y Kai, dos hermanos, antes de convertirnos en el rey y su ejecutor.

Y ahora se ha terminado la ventaja que le di.

Aunque parece que la ha empleado bien. Se ha aprovechado de mi debilidad, de mi cobardía, de lo que siento por ella, y ha huido. Me doy la vuelta para contemplar las llamas y veo el fuego que consume su casa en un caos de rojos, naranjas, espeso humo negro y...

«Plata».

Parpadeo y entorno los ojos para mirar a través del humo asfixiante mientras el tejado se derrumba. Pero no, no hay nada, ni rastro del fulgor que vi hace un instante. Me paso la mano por el pelo y me aprieto la palma contra los ojos cansados.

«Sí, no cabe duda, me he vuelto loco».

—¡Señor!

Bajo la mano y me giro muy despacio hacia el imperial que tuvo valor para gritarme. Carraspea para aclararse la garganta. Seguro que ahora lo está lamentando.

—Eh… ah… me pareció ver algo, alteza.

Señala el tejado en llamas, el humo que asciende y envuelve una figura. Una figura de pelo plateado.

«Así que está aquí».

No sabría decir si siento alivio o no.

—Tráiganmela.

La orden es un latigazo y los imperiales no pierden un segundo. Ella, por lo visto, tampoco. Casi no llego a verla por un instante antes de que salte del tejado que se derrumba hacia el contiguo, con las piernas flexionadas.

Los imperiales corren por la calle, bajo ella. Fornidos y escudos resultan igual de inútiles mientras ella salta de tejado en tejado. Me paso la mano por el pelo y luego me froto la cara. No me sorprende para nada lo incompetentes que son.

Doy vueltas en el aire al cuchillo que arranqué de la pared y echo a andar calle abajo; no tardo en dar alcance a mis imperiales. Percibo sus poderes, que me zumban bajo la piel y me suplican que los tome. Pero no tienen ninguna habilidad que me sea útil a menos que consiga hacerla bajar, y ahora lamento no haber traído a un tele que la pudiera poner delante de mí con solo un pensamiento.

Podrá seguir en los tejados si es capaz de saltar de uno a otro. Y por eso, con un movimiento seco de la muñeca, le lanzo el cuchillo.

Veo cómo da en el blanco y se le clava en el muslo en mitad de un salto. El grito de dolor me hace encogerme, cosa que me resulta tan frustrante como novedosa.

Cae de boca contra el tejado, rueda en un intento patético de amortiguar el impacto. La miro mientras se pone de pie como puede y la sangre le corre por la pierna. Apenas le distingo los rasgos en la distancia y casi puedo hacer como si fuera una persona cualquiera que cojea al borde de un tejado.

«No es idiota. Sabe que no puede saltar».

Miro a los imperiales que la observan boquiabiertos.

—¿Es que tengo que hacerlo yo todo? —Mi voz es gélida—. Vayan por ella.

Pero, cuando vuelvo a mirar hacia el tejado, no hay nadie.

Qué tontería por mi parte pensar que me lo iba a poner fácil.

—¡Búsquenla! —ordeno, y aprieto los dientes para no soltar una palabrota.

Los imperiales se separan y corren en direcciones opuestas por las calles que me aseguré de que estuvieran desiertas por este preciso motivo. La capacidad de una ladrona para fundirse con el entorno es alarmante. Sé que es capaz de perderse en el caos, entre la multitud. Y eso habría hecho si yo no hubiera despejado todo Saqueo.

Bajo a zancadas por la calle y busco en las callejuelas adyacentes. Oigo gritos ahogados que resuenan entre las casas y tiendas desvencijadas. Sigo buscando en silencio y me tiemblan las piernas cuando veo una figura acurrucada al final de una callejuela envuelta en sombras.

Me tenso. Me giro hacia la silueta y el miedo me invade con cada paso. Pero pronto identifico lo que veo y acelero el paso. Me acuclillo junto al imperial y recorro con la mirada el uniforme que fue blanco y ahora está empapado en sangre. El rojo mana de un cuchillo arrojadizo que tiene clavado en el pecho, y se le derrama por los pliegues del uniforme almidonado.

«Es una pequeña salvaje».

Le pongo los dedos en el cuello para buscarle el pulso, aunque sé que no encontraré un latido. Suspiro y me pongo las manos en la cara. Tengo el cuerpo entero lastrado de agotamiento, cargado de preocupaciones.

Una vez enterré a una persona que había intentado matarla.

Solo porque sabía que es lo que ella habría querido. Llevé el cadáver de Sadie en la oscuridad por el bosque de los Susurros, durante la primera Prueba, porque sabía que Paedyn estaba a punto de derrumbarse. Solo tuve que ver cómo le daba vueltas al anillo que llevaba en el pulgar. De haber sido por mí, no se me habría ocurrido enterrar el cadáver de quien había intentado matarla. Pero, cuando lo hice, solo pensaba en ella.

La muerte es parte de mi vida, tanto la de amigos como la de enemigos, y la veo con demasiada frecuencia. Pero, para ella, la muerte, sea quien sea la víctima, solo es devastación.

Me la imagino dando vueltas al anillo en el pulgar en este mismo momento mientras se muerde la cara interior de la mejilla y se esfuerza por huir del hombre al que acaba de matar en lugar de cavarle una tumba, como sé que querría hacer.

—Si ella no tuviera que escapar de mí, te habría enterrado, de verdad —le susurro al cadáver, lo que confirma sin lugar a dudas que me he vuelto loco. Le quito la máscara para ver mejor los ojos castaños vidriosos y se los cierro—. Así que lo menos que puedo hacer es enterrarte. Por ella.

Nunca me había parado a pensar qué era de los cadáveres de mis soldados. Y aquí estoy, cargando con uno sobre el hombro por una chica que no soporta matar. Dejo escapar un gruñido por el peso del imperial. ¿Por qué demonios estoy haciendo esto?

«¿Qué me ha hecho esa chica?».

El cuerpo inerte se balancea sobre mi hombro con cada paso que doy.

«¿La próxima tumba que cave será para ella?».

Engánchate a la saga Powerless

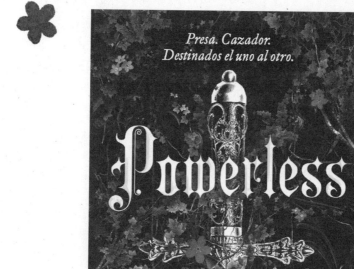

Presa. Cazador.
Destinados el uno al otro.

Powerless

LAUREN ROBERTS

Próximamente...

Secretos. Traición.
Destinados el uno al otro.

Reckless

DE LA AUTORA *BESTSELLER* DE *POWERLESS*

LAUREN ROBERTS

ALFAGUARA